I0599237

La otra orilla y otros relatos

INCENDIARY
Collection
Homage to Beatriz Guido

Homenaje a Beatriz Guido
Colección
INCENDIARIO

Elssie Cano

LA OTRA ORILLA
Y OTROS RELATOS

Nueva York Poetry Press®

Nueva York Poetry Press LLC
128 Madison Avenue, Oficina 2NR
New York, NY 10016, USA
Teléfono: +1(929)354-7778
nuevayork.poetrypress@gmail.com
www.nuevayorkpoetrypress.com

La otra orilla y otros relatos
First edition: *Editorial Surco 2000*
New edition: *Nueva York Poetry Press 2024*
©Elssie Cano

ISBN-13: 978-1-958001-19-6

© Incendiary Collection vol. 6
(Homage to Beatriz Guido)

© Publisher & Editor-in-Chief:
Marisa Russo

© Editor:
Francisco Trejo

© Literary Editor:
John Estrada González

© Graphic Designer:
William Velásquez Vásquez

© Layout Designer:
Montezuma Rodríguez

© Autor's photograph:
Autor's personal archive

© Cover Artist:
Jaime Vásquez
Rescate de la ilusión
Acrilic on canvas (2024)

© Sponsor:

Cano, Elssie
La otra orilla y otros relatos / Elssie Cano. 2ª ed. New York: Nueva York Poetry
Press, 2024, 308 pp. 5.25" x 8".

1. Latin American Literature

1. Ecuadorian Fiction. 2. Hispanic American Fiction 3. South American Literature

Para mis hijos Giselle Massaro y John Cano
A mis nietas: Zöe y Clementine Cano

Anteayer fue mucho más complicado. Y hubo además esa serie de coincidencias y de quid pro quos que no me explico. Pero no me entretendré poniendo todo eso por escrito. En fin; lo cierto es que tuve miedo o algo por el estilo. Si por lo menos supiera de qué tuve miedo, ya sería un gran paso.

JEAN–PAUL SARTRE

PRÓLOGO

El estilo de Elssie Cano es una síntesis
magistral de lecturas múltiples y diversas.

En la primavera de 1999, mientras dictaba una serie de conferencias sobre **teoría del discurso**, se me acercó una de las participantes para regalarme una copia de uno de sus cuentos. Cuando terminé de leer el relato quedé sorprendido, casi maravillado. Era aquel estilo, aquella trama y aquella imaginación de un cuentista consagrado, no de un aficionado. Me dije: "Este cuento lo hubiese firmado Julio Cortázar, Juan Rulfo, Mario Benedetti o García Márquez, lo coleccionarían en varias antologías". Pero el cuento no era de ninguno de esos autores, era de **Elssie Cano**, y se llama **El loco del Central Park**. Elssie no tiene la nombradía de ninguno de esos autores. Elssie es todavía una escritora innominada, pero yo me atrevo a hacer un vaticinio: su nombre y su obra serán referencias obligadas en el estudio de la literatura latinoamericana.

Los cuentos que componen **La otra orilla y otros relatos** revelan una imaginación extraordinaria y un estilo depurado. Esto sin duda, ha sido el resultado de una lectura sistemática y variada y una práctica escritural permanente.

La otra orilla y otros relatos es una síntesis magistral de múltiples influencias: lo real maravilloso de Juan Rulfo, en *Pedro Páramo* y García Márquez, en *Cien años de soledad*; el surrealismo y la brevedad de Quiroga, en *Cuentos de la selva*, y en casi todos sus relatos; la rebeldía de los personajes de Unamuno, en *Niebla*; la alucinación de Cervantes, en *El Quijote*; la narración anecdótica de Benedetti, en *La borra del café*; la intención didáctico-filosófica de Jostin Gaarden, en *El mundo de Sofía*; la reflexión filosófica de Milan Kundera, en *La insoportable levedad del ser* y *La broma*; y hasta el intimismo y la filosofía existencial de Paulo Coelho en *El alquimista* y en *Verónika decide morir*. En fin, como todo buen escritor, Elssie Cano como autora, es el resultado de un proceso largo y sostenido de lectura-reflexión-práctica. Decía Quintiliano: "Yo temo a la persona de un solo libro". Lo malo no es tener influencias, eso es lo normal y hasta lo deseado, lo penoso es tener una sola influencia o una indigencia referencial por escasez de lectura. Las buenas escritoras y los buenos escritores han sido y son excelentes lectoras y lectores. Han sido y son excelentes intelectuales. Los ejemplos huelgan, piénsese en los escritores del presente y se comprobará este aserto. Uno de los tantos méritos de la colección de cuentos **La otra orilla y otros relatos** es el estilo original forjado al calor de una lectura múltiple y diversa.

Los relatos de **La otra orilla**… comparten en común un ambiente onírico de misterio, alucinación y la ruptura con la razón convencional, con el sentido común y con la percepción sensorial. Es un ambiente en el cual todo puede suceder: las personas se enfrentan a su otro yo, la locura parece lo normal, los fantasmas son reales, el escritor es manejado por los personajes, los fenómenos parasicológicos constituyen la regla, etc. Un mundo ficcional, maravillosamente real y realmente maravilloso. Un mundo surrealista en el cual lo macabro y lo terrorífico son manejados con tanta maestría que dejan extasiados al lector.

Otro elemento relevante de los cuentos de Elssie es la reflexión metafísica. Los personajes asumen discursos que subvierten el orden conceptual sobre Dios, los muertos, los religiosos, la moral, etc. No se trata de posiciones ni insinuaciones ateas. No se trata de ataques a religiones y religiosos. No se trata de estímulos a las conductas hedonistas. Se trata más bien de meditaciones metafísicas para buscar "mi verdadero yo" o "tu verdadero tú". Se trata de meditaciones ficcionales en las cuales los personajes buscan la autenticidad. La autenticidad, que en fin de cuenta, después del amor y la justicia es lo más cercano a Dios.

Con este libro, Elssie Cano inaugura una etapa fructífera de producción literaria que sin lugar a dudas la situará como una de las grandes escritoras latinoamericanas. Incluso, no me sorprendería si alguno de estos cuentos son llevados al cine, porque dicho sea de paso, se prestan bastante para películas de trama psicológica y de suspenso, a lo Alfred Hitchcock; o de filosofía existencial y realismo lírico, a lo Pier Paolo Pasolini.

La otra orilla… es un libro excitante y subyugante. Desde **La infinidad de los círculos, El otro yo, Las 11:11 de la mañana** y **Fiptisio 89,** el lector se sumerge en un mundo sobrenatural del cual no podrá salir hasta que no lea, y posiblemente relea el último relato. Luego aparecen la alucinación, la demencia y el desdoblamiento, en cuentos como **El loco del Central Park, Alma, Vaticinio, La aparición de Omic-Ayín, Amanda, La clase de matemática,** etc. los cuales tampoco se podrán abandonar una vez iniciada su lectura. Finalmente, están los cuentos de reflexión filosófica y metafísico religioso, como **Incertidumbre, Principios del conocimiento humano, Realidad aparte, ¡Cuidado, Pablo!, La vida de las palabras, Negrita, La segunda arca, La otra orilla** y otros relatos.

En fin, se trata de un libro excitante, subyugante… y trascendente.

BARTOLO GARCÍA MOLINA
Verano, 2000

LA INFINIDAD DE LOS CÍRCULOS

*Para cada uno de nosotros
la muerte es el fin del mundo.*

MIGUEL DE UNAMUNO

—Joven, han pasado diecisiete años desde que el convento se quemó —me informó la mujer a quién pregunté sobre el edificio, que en el pasado se había levantado en el mismo lugar.

—Fue espantoso —prosiguió relatando y haciendo gestos que demostraban su pena y estupor—. Toda la gente comentaba que el fuego había comenzado en la capilla. Se decía que fueron velas que quedaron encendidas, quizás una cayó al piso, o quien sabe, se voltió y enredó en los manteles que adornaban el altar. La verdad es que nunca se supo exactamente como empezó el incendio. Era tan viejo el caserón que en cuestión de horas quedó reducido a cenizas. Lamentablemente todas las monjas y las muchachitas murieron. Usted hubiera visto los esqueletos carbonizados.

Estaban irreconocibles, Dios nos proteja y nos guarde —añadió la mujer, haciendo la señal de la cruz, para luego añadir—. Los bomberos no lograron hacer gran cosa. Era casi imposible romper las barras que protegían el monasterio. Dos años más tarde se construyó esta biblioteca que usted ve ahora.

Me alejé de la mujer temblando de pies a cabeza, no sin antes de darle las gracias. Confundida y horrorizada subí un par de escalones enfrente del nuevo edificio y sin dar crédito a mis ojos, me quedé observándolo sin atreverme a entrar.

Después de varios años había regresado para hablar con las religiosas y exigir respuestas a las dudas que por años me asaltaron y que no me permitieron vivir en paz. Yo estudié en la escuela que era dirigida por las monjas del convento y tenía once años cuando ocurrió aquel incidente extraño que me torturaba y que no lograba explicar. Mil veces he repasado las raras escenas, y siempre llego a un momento donde la memoria me falla. Un lapsus que me inquieta, y que por miedo no me atreví a indagar. ¿Cómo pudo quemarse la escuela? ¿Cómo pudo suceder algo semejante? Ahora finalmente me había decidido, diecisiete años más tarde, a encontrar una respuesta...

Por aquellos días mi familia se trasladó a una ciudad diferente. Según decía mi madre, mi papá murió de un infarto producido por una noticia monstruosa. Una noticia que nunca quiso que yo la supiera para no causarme pesar. Mamá decidió no continuar viviendo en el lugar donde conoció tanto sufrimiento y nos llevó muy lejos. No la culpé, en su lugar yo hubiese hecho lo mismo.

Recuerdo la fuerte impresión que me causó ver el cuerpo inmóvil de papá y sus ojos sin expresión. Sentí romperse algo en mi interior y sin poder sobreponerme, perdí el uso de la palabra por varios días. Comprobé que episodios similares me dejaban muda y desde entonces me prometí nunca saber y tampoco hablar de hechos dolorosos. Aún hoy con mis veintiocho años soy incapaz de mantenerme inmutable ante incidentes pavorosos. Quizás mamá se enteró del incendio y conociendo mi reacción ante el desastre no quiso que yo me enterara y no lo mencionó nunca.

El antiquísimo edificio fue construido a fines del siglo pasado y servía a la vez como monasterio y escuela primaria para niñas. Altas y pesadas verjas lo rodeaban, igualmente manzanos, almendros y jazmines; dando la impresión de ser una fortaleza resguardando un jardín. La escuela funcionaba en el frente. En la parte posterior, separados por un estrecho y largo corredor estaban de un lado los aposentos de las monjas y del otro una capilla.

Las monjas nos enseñaron que el santuario era la casa del Señor y teníamos que inclinar la cabeza al entrar en la capilla, como señal de saludo a su divina presencia. Sin embargo, yo nunca estuve muy segura de tal afirmación. Estaba convencida que algo o alguien extraño e infame la habitaba en su lugar. Cuando entraba en la capilla su perfume me hacía temblar hasta los huesos y aún hoy existen momentos que lo percibo flotando en mi memoria, trayendo un recuerdo que no consigo precisar.

Las mojas siempre inventaron cantidad de cuentos para meternos miedo y para darnos sermones y penitencia. Estaba terminantemente prohibido entrar a la vivienda de las religiosas y a un pequeño cuarto ubicado detrás de la capilla donde se guardaban no sé qué cosas sagradas. Nadie se atrevió a llegar hasta ellos por temor a pasar horas de rodillas sobre granos de maíz, o, peor castigo aún, mirar la cara fea de la monja superiora, con su bigotito estilo Hitler y escuchar de su boca sin labios, las interminables letanías que iban desde el génesis al apocalipsis. Sentencias que practicaba y disfrutaba como pequeños rituales de sadismo.

Como a todos los muchachos de esa edad me atraía lo prohibido. En mi mente siempre cruzaba las puertas vedadas y tramaba como entrar en el cuarto que estaba tras la capilla. Finalmente, un domingo de mayo, tuve la oportunidad de hacer realidad mi deseo cuando, por mi buen comportamiento, fui premiada con la gracia de adornar el altar antes de la misa. Todo un mes me porté como un angelito para poder ganar el premio.

Aquel día llegué a las cinco de la mañana. Todo tenía que estar en orden en treinta minutos, ya que a las cinco y media empezaba la primera misa. Sor Inés, mi maestra, tenía las flores, los manteles bordados, y las velas listas para la decoración. Madre Inés era una monja huesuda y pálida de tanto ayuno que, según ella, se imponía para ganar el derecho a entrar al paraíso; sin embargo, la muy farisea ladina, poseía un carácter de los diablos, era estricta, dura, inflexible e intolerante. Al terminar con mi tarea, la cual cumplí muy contenta y tarareando: *Dios es mi rey*…, para complacencia de la religiosa, dejé el incienso humeando en los recipientes de plata, y los cirios encendidos en los candelabros de oro. Mientras mi maestra se cercioraba de que hubiera suficientes hostias y vino para la comunión, yo, silenciosa y triunfante, me encaminé rumbo al cuarto prohibido. Finalmente descubriría el gran secreto que escondían las monjas.

Logré deslizarme sigilosamente por el pasillo que a esa hora estaba en silencio y en semi-penumbra. Por un momento me detuve frente al gran ventanal que daba a un jardín interior y gocé aquel paraíso escondido ente los edificios, lleno de hierbas y olorosos jazmines de Arabia colgando por las paredes. Al día siguiente, estaría repleto de risas y gorgojeos de las estudiantes. Allí, junto a la fuente de piedra en medio del jardín, todas las tardes por dos horas diarias, bordábamos manteles y sábanas en telares redondos.

Temblando de ansiedad y curiosidad continué mi camino por el largo pasillo. Finalmente di vuelta a la aldaba de la puerta prohibida; estaba sin cerrar, lo que aproveché para entrar. Por un alto rosetón con vidrios multicolores entraba la luz pálida de la mañana simulando formas fantasmales contra el suelo y los pesados muebles.

En el pequeño cuarto había cinco sillones forrados en damasco granate, de alto respaldar y patas torneadas; un vestidor con las sotanas del capellán, bordadas con hilos de oro y plata. Sobre una repisa, de cristales y madera labrada, se encontraba un copón repujado en oro cubierto con un paño de terciopelo púrpura. Hice varios intentos por alcanzarlo y sin lograrlo continué husmeando alrededor.

De las paredes colgaban cuadros horribles representando alegorías religiosas escalofriantes que le imprimían un carácter siniestro al lugar. Recuerdo uno en particular que me provocó una sensación de náusea y repulsión y que nunca he vuelto a ver en otro lugar. En la pintura, donde todo era blanco, había un patio rodeado de altas y blanquísimas columnas románicas. En el piso, de baldosines limpísimos, de rodillas, estaba una mujer envuelta en gasas blancas. Su rostro no expresaba emoción alguna mientras recogía del suelo las partes de un niño desmembrado que guardaba en una gran ánfora de blanco marfil. Me alejé de él pensando que algún día, preguntaría a mi maestra por su significado. Sin embargo, me atreví a imaginar que aquella escena sin colores simbolizaba el horror, el aniquilamiento de la criatura humana y su reducción a la nada.

Finalmente, al fondo de la habitación, había un estante con libracos enormes, viejos y empolvados. Eso era todo lo que escondía el cuarto prohibido. Me sentí decepcionada. Yo esperaba algo más sorprendente, quizás pelucas con las que las monjas cubrían sus cabezas rapadas cuando las alumnas nos retirábamos en la tarde, o quizás, vestidos de fiesta que usaban en la noche en lugar de los hábitos pesados y obscuros. Recuerdo que iba a retirarme, cuando quedos y profundos quejidos se escucharon tras los altos anaqueles. La curiosidad me empujó una vez más, y muy despacio me acerqué para conocer que los producía.

Entre las sombras distinguí formas que parecían humanas. Di unos pasos más y me cercioré de que efectivamente eran hombres. Rarísimos, diríase que, en suspensión inanimada o criogenizada, transportados a un mundo diferente, acaso irreal. Los fui estudiando uno a uno sin salir de mi asombro. Los cuerpos poseían diferentes rasgos y complexión física, eran de razas y edades distintas. Así mismo la indumentaria era variada. Vestían en túnicas, trajes reales, togas, hábitos religiosos, andrajos y muchos, simplemente estaban desnudos. Pero todos, sin excepción, compartían la misma expresión en el rostro. Los ojos y la boca desmesuradamente abiertos, como si la última escena que contemplaron fuera espantosa y estuvieran gritando de dolor al ser torturados.

Bajo la luz tenue del lugar lucían pálidos y mortecinos. Los miré bien de cerca, pero sin atreverme a tocarlos. Y sí, eran cadáveres. Una corriente fría corrió por mi espina dorsal al comprobar este hecho macabro. *Las monjas coleccionan muertos*, pensé con dolor y asco. Iba a escapar horrorizada cuando descubrí una luz que salía por la ranura en una enorme puerta a medio abrir, vieja, mohosa y con inscripciones en lenguas para mí desconocidas. De mis clases de latín pude leer una inscripción, unas palabras que hoy no recuerdo con exactitud y que rezaba así: *Aeternitas est merum hodie...*

Avancé para conocer que había tras de esa puerta. Traté de abrirla un poco más. Era pesadísima y mis intentos resultaron inútiles.

Sin embargo, por la breve abertura logré curiosear. Dentro, la luz se intensificaba al igual que el perfume de aquella fragancia tan familiar para mí. Por un instante sentí vértigo y creo que hasta llegué a perder el sentido momentáneamente. Cerré los ojos y cuando los abrí tuve la impresión de flotar fuera de la puerta, mientras, dentro, todo lo que compone nuestro mundo se alineaba en infinidad de círculos de dimensiones desproporcionadas, ocupando todo el espacio. Estos empezaron a girar inicialmente en forma lenta, en sentido contrario a las manecillas de los relojes, invirtiendo el sentido de lo que estamos acostumbrados a observar y que consideramos como normales. Y vi, escalinatas creciendo hacia atrás, manzanas brotando del cuerpo de los gusanos, flores absorbiendo el néctar de las mariposas, vasijas derramándose de los líquidos, pájaros naciendo del suelo, árboles volando. Figuras ilógicas que cual diabólica insurrección de las formas, y las leyes de lo establecido, participaban sin ningún orden o sentido en la locura de una pesadilla.

A medida que incrementaba la aceleración de los círculos, las imágenes fueron menos concretas e imposibles de precisar. En ese lapso la historia dio marcha hacia atrás y al acercarse al comienzo de las cosas, los primeros hombres elementales se destrozaban licuándose hasta desaparecer. Paso a paso la velocidad fue decreciendo. Finalmente todo fue arrastrado hacia el centro en una masa informe, viscosa y monstruosa. El universo se redujo a un corpúsculo. Espacio y tiempo se perdieron, y finalmente todo fue blanco al producirse el vacío absoluto.

Un crujido se levantó entre lo que era la nada. Me es imposible comunicar con palabras aquel sonido simulacro de voz creciendo cruel y perverso, dispuesto a decir algo que no pude escuchar.

Una mano helada me haló hacia atrás y cerró totalmente la puerta. Mi cuerpo erizado y doliente estuvo a punto de romperse ante lo que mis ojos presenciaron. La misma mano helada me sostuvo cuando las fuerzas me abandonaron. Lo reconocí al mirarlo. El viejo en túnica blanca y con una copa en la mano, era uno de los cuerpos inanimados que había visto antes. Me acercó la copa a los labios para darme de beber y reanimarme, y con voz hueca y cavernosa me dijo: *Bebe esta poción, como yo me vi obligado a beberla, ya sano de la vida, por descubrir la verdad, el significado exacto de la criatura humana, encerrado tras esa puerta.*

Mis ojos recorrieron los otros cuerpos que estaban en el lugar y que iban lentamente recobrado la voluntad. *Sí,* asintió otro de los hombres saliendo del estado de inercia y con amargura prosiguió: *Todos nosotros hemos atravesado la puerta y conocido la irrisoria posteridad, la absurda gloria, la que hizo gritar a Calígula ¡Todavía estoy vivo!* Otra voz se les unió para decir enajenada: *La vuelta eterna, el superhombre… Y yo y tú, que ahora nos encontramos juntos en el pórtico cuchicheando sobre cosas eternas. ¿No debemos haber pasado ya por aquí todos nosotros, y volver y correr por la otra calle que sube? ¿No debemos volver eternamente por esa larga y lúgubre calle?* Y otro de largas barbas, usando botas y chaqueta cosacas, dijo: *¡Qué bueno y qué simple! ¿Y el dolor? ¿Dónde está el dolor? Todo ha terminado. Y no hay más.* No pude seguir escuchando. Mi maestra había llegado hasta el lugar y me agarró por un brazo zarandeándome.

—Niña majadera, vas a recibir el castigo que te mereces por no saber obedecer. —Con el dedo acusador, apuntándolo a mi cara, continuó recriminante.— Bien sabes que es prohibido entrar a este cuarto. Espero no hayas abierto ningún libro y sobre todo no hayas tocado el copón sagrado.

Pasé un día entero de rodillas sobre los granos de maíz, todavía conservo los agujeros en las piernas como recuerdo de mi desobediencia y curiosidad. No comprendo por qué no conté a nadie lo ocurrido en aquel lugar. Fui incapaz de describir el raro episodio. Tuve miedo y fue mi horrible secreto.

Espantoso secreto que me mantuvo inquieta todos estos años y que ahora quedaría en el misterio para siempre. Ya no sabría por qué motivo estaba allí esa puerta, a dónde conducía y qué hacían todos esos cuerpos fuera de ella.

Con pena y desilusión miré el moderno edificio que reemplazaba a aquel convento y escuela de niñas. Di vuelta y bajé los escalones que había subido para retirarme.

Un extraño impulso hizo que volviera sobre mis pasos y entrara a la biblioteca. Sin interés alguno recorrí varios salones y leí varios títulos y nombres de autores. Por inercia me dirigí hacia el departamento donde encontraría el nombre de mis escritores favoritos: Camus, Nietzsche, Tolstoi. De repente mis ojos descubrieron un estante con libracos enormes, viejos y empolvados. Un nudo me apretó la garganta y el grito desgarrador e irreemplazable se quedó sin escapar de mi pecho al recordar esa brevísima fracción de tiempo que lo explicaba todo.

EL OTRO YO

Miré el reloj. Seis y cincuenta y cinco de la mañana. Finalmente había terminado el relato. Otra de las aventuras de Alexa, el fascinante personaje que aparece en toda mi reciente producción. Después revisaría el texto, por el momento estaba agotada.

A las dos de la tarde estaba concertada mi cita con el editor para discutir el último volumen entregado, con el título: *El otro mundo de Alexa Montres.*

Me sentí satisfecha. En esas páginas creí haber logrado una historia fabulosa. El nombre seleccionado pensé que era perfecto para el personaje central, decía mucho de la mujer que pretendía personalizar. Alexa, el femenino de Alexander, nombre de emperadores, reyes y papas. Alexa era de fuerte temperamento, impulsiva, valerosa y hasta cierto punto cínica.

Además de ser realista, sin complejos y práctica, sabía lo que quería; en su desmedida ambición llegaba a extremos violentos y crueles, llevada siempre por su altanería, egocentrismo y sueños de poder.

Sonreí complacida. Mi personaje era capaz de realizar todo lo que para mí era casi imposible. La admiraba y hasta cierto punto me hubiese gustado ser como era ella.

Después de dejar todo en orden entré a la bañera. Me di un duchazo antes de echarme a la cama y dormir por algunas horas pretendiendo lucir presentable y descansada en mi cita de la tarde. Al salir de la bañera, me miré en el espejo. Además de las gruesas ojeras, descubrí que tenía los ojos rojizos debido al cansancio. Le hice una mueca a la que me miraba dentro del cristal y le díje: *¡Elisa, luces horrible!*

En la cama di vueltas y vueltas sin poder conciliar el sueño y cuando lo hice tuve pesadillas. Dentro del mal sueño corría huyendo de alguien que me perseguía. Tratando de pedir ayuda grité a todo pulmón y fue entones cuando descubrí que las calles estaban vacías. Sentía que el horror me paralizaba, dejaba de respirar y caí sobre un espejo roto en muchos pedazos. En cada pedazo vi la cara de la persona que me perseguía, que me había alcanzado y que se inclinaba sobre mí con una sonrisa de burla en los labios. En cada trozo de vidrio se reflejaba su cara que era… la mía. El ruido de mis alaridos me despertó. Me sentía más cansada que antes de echarme a dormir, aun así, como estaba planeado, a las dos en punto estuve en las oficinas del editor.

—¿Alguien te ha dicho alguna vez que tienes una mirada inexplicable? —preguntó Albertti después de saludarnos, sorprendiéndome sobremanera—. Te digo que tus ojos tienen el poder de hacerme estremecer —comentó luego con una mueca parecida a una sonrisa.

No le contesté. Sus palabras no eran un cumplido, tampoco una crítica, simplemente lo tomé como una broma propia de nuestros oficios y un abuso a la cierta amistad que nos unía.

Albertti es un viejo dado a las ironías y a los comentarios malévolos, pero conoce su trabajo y no anda con rodeos. De una gaveta sacó mi manuscrito. En su actitud descubrí que le había gustado.

—Alexa —dijo confundiéndome— este relato es fantástico. Con total maestría describes a esta sombría, atormentada y confundida mujer, entrando y saliendo de mundos extraños que existen únicamente en su imaginación sin poder distinguir entre ficción y realidad —y haciendo gestos de aprobación continuó: —Sobre todo, el final es fascinante. Cuando por singular artificio, la pobre desquiciada elimina a la autora que eres tú, y te suplanta. Entonces ella es la que escribe, y tú, Alexa Montres, te conviertes en su creación.

—¿Te estás burlando de mí verdad? —le pregunté ofendida arrebatándole el manuscrito. Por poco caigo al piso de la impresión. El título, en letras de molde rezaba: *El otro mundo de Elisa Cantor.*

Sin dar explicaciones y llevada por el impulso de escapar, salí de su oficina, corriendo alterada y en total confusión. Ya en la calle, entré en el café de la esquina tratando de calmarme. Me senté en un rincón asustada, escondiéndome y mirando hacia atrás, así como deseando huir de alguien. Pedí un té, y mientras lo sorbía me pregunté sin encontrar una respuesta lógica: ¿Por qué Albertti me había llamado Alexa cuando bien sabía que mi nombre es Elisa? ¿Por qué había actuado tan extrañamente? Con toda seguridad había equivocado mi manuscrito por otro.

Abrí una de las páginas para comprobar que todo había sido un malentendido, y leí:

Incrédula de la suplantación, Alexa entró en el café de la esquina y ordenó un té. Ya más calmada empezó a beberlo, sin notar que ella detestaba el sabor de esa bebida, voluntariamente deseando parecerse a Elisa.

La había creado con tanto fervor que ahora ella sentía sus mismas alegrías y tristezas. Sus preferencias eran las suyas. Desde la primera palabra escrita, Elisa se convirtió en parte de su existencia, ya no podría separarla de ella jamás. Pensaba y se comportaba como lo hacía su personaje.

Mientras saborea el té, abre el libro creyendo que el editor lo ha equivocado por otro y empieza a leer.

Cerré el manuscrito más confundida que antes, sintiéndome atrapada en una telaraña tejida por mí. ¿Qué estaba sucediendo? El libro narraba mi vida. Pero yo no soy Alexa, ella es mi personaje. Alexa es producto de mi imaginación. Yo soy Elisa, yo soy la narradora.

Desconcertada, empecé a gritar. La gente levantaba las cabezas alarmadas. Alguien me reconoció y comentó: *Esa es Alexa Montres, la escritora, ¡Se ha vuelto loca!*

—¡No, no estoy loca y yo no soy Alexa! ¡No soy Alexa! —repetí a gritos, halándome los pelos y perdiendo la compostura, totalmente fuera de mí.

Los rostros de los presentes se iban deformando grotescamente frente a mis ojos mientras me invadía aquella extraña sensación que amenazaba con asfixiarme. Sentí que una espesa niebla me envolvía anulándome, impidiéndome ser yo misma.

Creí que me empujaban. Todos a mi alrededor me miraban con espanto. Un policía, que no sé de dónde salió, intentó controlarme, mientras me recitaba aquello: *Tienes el derecho de permanecer en silencio, cualquier cosa que digas será usada en tu contra.*

No comprendí que hablaba el desdichado, ni por qué estaba allí, hasta que un joven encolerizado me escupió a la cara gritando: *¡Asesina!* Entonces caí en cuenta. Mis manos estaban ensangrentadas y en una de ellas sostenía un cuchillo. A mis pies en un charco espantoso estaba el cuerpo de una mujer bocabajo y apuñalado varias veces. No pude verle la cara, pero supe que era la de Alexa. Yo la había matado. Yo la había matado porque en mis manos estaba el cuchillo ensangrentado.

—¡No soy una asesina!— me defendí—. ¿No pueden verlo? ¿Es qué no se dan cuenta? Ella no es verdadera. Ella es Alexa Montres, un personaje ficticio creado por mí para mis relatos. Ella no existe. Ella no puede existir.

Nadie pudo convencerme de que había dado muerte a una pobre e indefensa mujer que por mala suerte entró en ese momento al café.

Fui sometida a cantidad de pruebas para determinar mi competencia y estabilidad mental. Por recomendación profesional fui recluida en un sanatorio siquiátrico y no en la cárcel. En vano traté de explicar hasta el cansancio que yo no era Alexa, que ella no existía, y me acusaron de un crimen ridículo: matar a un personaje ficticio.

Hoy, en este triste y solitario infierno de paredes blancas, de gritos, silencios y confusas figuras e ideas que no defino con exactitud, repito una y otra vez: *Yo soy Elisa Cantor, la que escribe y no la protagonista de ésta, ni la de ninguna otra narración,* tratando de convencerme a mí misma, pero ya no estoy segura.

LAS 11:11 DE LA MAÑANA

Al cavilar sobre las limitaciones del espíritu humano,
siéntese algo así como abatimiento de rey destrozado,
nostalgias y desfallecimientos de águila alicortada y
prisionera.

S. RAMÓN Y CARVAJAL

El amor a mi persona no tiene medida. A mi entender yo soy lo más importante que existe en el mundo. ¿Qué pueden importar los otros, si yo estoy vivo y siento y respiro y pienso? No crean que por pensar de esta manera me sienta egoísta, culpable, o, sea un arrogante, un prepotente. Nada de eso. Yo soy la justificación y prueba suficiente de mi proceder ¿Qué más necesito?

Puede ser que mi educación en la fe cristiana y mi fuerte pasión por la metafísica me hayan arrastrado a este desasosiego, a estas inquietudes que otros pueden calificar como irracionales. ¿Puede alguien explicarme como ser racional cuando estamos tratando de lo más esencial? Mi persona.

No creo que sea egoísmo el tener conciencia de la propia existencia y quererlo todo para mí. Me atrevo a creer que la naturaleza, el mundo, se hicieron para mí, exclusivamente para mí. Por mí existe lo que nos rodea, y puedo acaso sentirme culpable de algo tan natural y humano: el amarme sobre todas las cosas del mundo y querer existir para siempre en alma y cuerpo.

Estoy acostado en la oscuridad de mi cuarto y los pensamientos cruzan terribles por mi cerebro. Enciendo un cigarrillo y veo su luz brillando en la noche. Aspiro el humo lentamente, paladeo cada bocanada, igual como hago con cada acto de mi vida, sintiéndolo en conciencia, viviéndolo minuto a minuto: un horrible defecto de mi personalidad. De repente esa lucecita se apaga en el cenicero al terminarse el cigarrillo, y al verla extinguirse, ese pensamiento que me espanta me estremece una vez más: la idea de morir. *Morir, cuando yo deseo vivir para siempre, prolongarme sin medida en el tiempo. Y es que no puedo por un segundo imaginarme no existiendo. ¿Qué significa morir? Dejar de pensar, de sentir, perderse para siempre, o lo que es peor convertirse en la nada. Los otros pueden morir, yo no.*

Insensatos, necios, estúpidos, los que afirman que con la muerte se alcanza la paz eterna. ¿Es que no pueden entender? ¿Para qué quiero yo la paz, si estoy muerto? Prefiero mil veces los martirios de un infierno, pero estando vivo. *Estoy desesperado*, me digo, *al borde de la locura*. En mi angustia pido que en mí se cumpla un milagro. *¡Quiero ser para siempre! Oh, Dios, si tú existes, ¡yo existo también!*

Los días se desenvolvieron como siempre, con esa morbosa exactitud del tiempo en este espacio; como los vivimos los humanos, en sucesiones, de presente en presente o mejor dicho de pasados inmediatos que no podemos retener ni repetir; sin imaginarme que algo inesperado cambiaría esa dimensión.

Dos meses más tarde, la revista para la cual me desempeño como editor gráfico, me envió con un equipo de técnicos y periodistas a cubrir un reportaje en el sur del continente. El avión que nos transportaría partió con la exactitud planeada, 9:20 de la mañana. Todo estaba normal y en calma. Los pasajeros miraban una película en las pantallas de los televisores y mis compañeros bebían *cocktails* de cortesía, mientras reían por centésima vez los mismos cuentos obscenos que conocían de memoria.

A las 10:45, la azafata nos instó a ponernos los cinturones de seguridad. Se habían presentado dificultades técnicas y nos veríamos forzados a aterrizar de inmediato. Cruzábamos una deshabitada región en territorio centroamericano, cuando los motores del avión empezaron a fallar y el aparato comenzó a dar tumbos antes de que los pilotos empezaran las maniobras de aterrizaje. Consulté mi reloj y leí: 11:11 de la mañana.

Horrorizado ante la posibilidad de un accidente, grité con todas las fuerzas anticipando lo terrible. Iba a morir. No había magia que lo evitara. No era justo, iba a morir como cualquier gusano. *¿Por qué me diste la vida?* pregunté en un acto final de rebeldía contra un ser invisible, inconmovible, absurdo, y probablemente indiferente. *¿Con qué derecho me la arrebatas?*

Lo último que recuerdo es mi grito de espanto, unido al de la tripulación, al explotar el avión en mil partes.

Cuando desperté, estaba tirado de bruces sobre el suelo. La sangre me corría fresca por la cara, me dolía todo el cuerpo a causa del golpe al caer en tierra. Mucho después pude comprobar que no me había roto ningún hueso. A duras penas pude sentarme, arranqué mi camisa y até con ella mi cabeza herida.

Entonces, miré a mi alrededor y quedé desconcertado, asustado. En el lugar no había nada. Sin colores, vegetación o agua, el campo se extendía desolado e inmenso. Di la vuelta, y pude darme cuenta de lo sucedido. El avión estaba hecho pedazos, un ala aquí, el fuselaje unos metros más allá, los asientos por otro lado; desperdigados, varios de los pasajeros yacían en el suelo, unos despatarrados, otros totalmente desbaratados. Me acerqué casi a rastras, y con asco fui chequeando cuerpo por cuerpo. Todos estaban muertos. ¡Qué horrible espectáculo! Regados sobre la tierra se hallaban restos con forma humana. Cuerpos inanimados, alimento para aves de rapiña, basura. Yo era el único sobreviviente y estaba rodeado por cadáveres.

Sin importarme de lo adolorido que me encontraba, salí en busca de alguien que pudiera ayudarme a escapar de este campo sembrado de terror. Anduve hasta no poder con mis piernas, a veces a rastras, otras cayendo de bruces. Entonces me percaté de algo no usual. El sol brillaba, pero a pesar de lo temprano de la mañana y de estar el cielo despejado, su luz era pálida, como vista a través de un grueso vidrio. Me asaltó una duda. ¿Es que yo había muerto también y era éste el umbral hacia la nada? ¿Era ésta la muerte? Pero no, si seguía pensando es que estaba vivo ¿o es que no dejamos de pensar aun estando muertos? Sacudí la cabeza tratando de alejar esos malsanos pensamientos. Inhalé profundo deseando llenar mis pulmones de vida y hasta el aire me resultó esquelético.

Cuando había perdido las esperanzas de encontrar algo o alguien, descubrí con alegría unas formas dibujándose a los lejos, y lo más rápido que me lo permitieron mis cansados pies llegué al lugar. Lloré más de miedo que de frustración. Había caminado en círculo y allí estaba otra vez el avión y su macabra tripulación. Consulté la hora: eran las 11:11 de la mañana. Pensé: *Esto no puede ser, de seguro que el mecanismo de mi reloj tiene que haber fallado con el accidente.* Pero no, no era así, en la soledad del lugar podía escuchar con toda claridad su tic tac sin que las manecillas alteraran su posición.

Finalmente, el cansancio venció mis fuerzas y pude dormir, era eso lo que necesitaba. Cuando despertara, el mal sueño habría terminado y escucharía la voz de la azafata anunciando el final del vuelo.

Creo que desperté dos días o dos segundos después. Qué importancia tenía el tiempo si allí estaba el avión en pedazos, la sangre chorreando fresca por mi cara, la angustia de chequear uno a uno los cuerpos sin vida, comprobar que era el único sobreviviente, caminar hasta más no poder en busca de ayuda, constatar la misma hora en mi reloj y finalmente descubrir que el tiempo se había detenido.

Para siempre serían las 11:11 de la mañana. Esta era una pesadilla de la que no podría escapar. Eternamente estaría dando vueltas a mi momento final. Recorriendo perpetuamente el mismo círculo, angustiado y sufriendo por siempre el dolor de mis heridas que no cerrarían jamás, y, frente a mí, la visión de los otros miserables, inertes y patéticos. Era esto lo que deseaba, cualquier martirio, pero vivo. *¡Estoy vivo!* Grité entre carcajadas y sollozos. *¡Soy eterno! Nunca moriré.*

No, no pude más. Esto era espantoso, insoportable. Mi materia y mi espíritu no resistían el tiempo infinito, caí de rodillas al piso y llorando imploré con las pocas fuerzas que me restaban: *¡Necesito morir! ¡Quiero morir!*

Cuando abrí los ojos, vi las paredes blancas y supe que estaba en el cuarto de un hospital. Una enfermera chequeaba mi pulso en ese momento. Al sentir mi mirada, observé a la mujer estremecerse, dándome la impresión de que ella estaba mirando a un muerto regresar a la vida. Alarmada, llamó a varios médicos. Uno de ellos entró sonriendo, y luego dijo: *Amigo, usted es un milagro. Fue el único sobreviviente del lamentable accidente. Lo encontraron inconsciente con esa grave herida en la cabeza y ha estado en coma desde entonces.* Y chequeando el tiempo en su reloj cronometrado, añadió: *Exactamente 46 días y 7 horas. Por su reloj se supo que el accidente ocurrió a las 11:11 de la mañana, ya que con el impacto esa hora quedó registrada.*

He vuelto a mis actividades usuales, no me queda otra alternativa. Las cosas más terribles suceden y la vida sigue su rumbo indiferente. Así está establecido. Debo aceptar y vivir de la misma manera que cualquier otro humano, por mi voluntad o sin ella. Hablando de mi horrenda experiencia, quiero decir que lamentablemente estoy más desesperado que antes. Mi sueño de un deseo, o mi deseo de un sueño, se ha vuelto en mi contra. Se ha transformado en esta angustia que me está consumiendo. Estoy plenamente convencido que soy lo más importante del universo y que seguiré vivo aún después de la muerte. Sin embargo, confieso: *¡Tengo pavor a la eternidad! El tiempo infinito, absoluto o inexistente, duele en mi conciencia hasta el punto de la locura. Es por eso que siento que la tierra se abre a mis pies, cada vez que leo en un reloj las 11:11 de la mañana.*

FIPTISIO 89

El hombre cauto jamás deplora el mal presente,
emplea el presente en prevenir las aflicciones futuras.
WILLIAM SHAKESPEARE

Un hombre puede hacer lo que quiere hacer,
pero no puede decidir lo que quiere hacer.
ARTHUR SCHOPENHAUER

"Mi nombre es Max Simon. En este momento no estoy seguro de tener treinta y tres o sesenta años. La verdad, ese detalle no tiene demasiada importancia. De lo que si estoy muy consciente es de los acontecimientos que se suscitaron a lo largo de lo que fue mi vida. Mi pequeña historia personal, alternando con las vicisitudes de la otra gran pequeña y fija historia del hombre de mi generación.

Mi nacimiento coincidió con uno de los períodos más terribles en la historia económica del país, la gran depresión en 1929. Para colmo de males, fui el quinto hijo de una familia muy pobre. Lo que mis padres y mis hermanos mayores conseguían apenas nos alcanzaba para medio comer, no comprendo como logramos sobrevivir la miseria.

Las cosas empeoraron para la familia, cuando mi padre murió en Italia durante la Segunda Guerra Mundial. Siendo un niño empecé a trabajar para ayudar a mi madre en una fábrica donde se manufacturaba equipo bélico. Ya desde entonces me dí cuenta de que el ser humano busca irracionalmente la destrucción de su propia raza y se prepara constantemente para continuar con su proyecto homicida.

Años más tarde, cada uno de mis hermanos tomó las riendas de su vida. Dos de ellos formaron sus propias familias, y, en busca de algo mejor, emigraron a otros estados. Un tercero escapó a su destino dándose un tiro en la cabeza. El cuarto se entregó al alcohol, se perdió en las calles y nunca más volvimos a saber de su paradero. En cuanto a mi madre, la pobre miserable, enfermó de tristeza y también de los pulmones y murió en 1945 en un asilo para tísicos.

Fue así como a los dieciséis años quedé totalmente solo frente a un mundo hostil y convulsionado. Decidí abandonar mi pueblo natal, empaqué mis cuatro trapos y me mudé a New York.

Muchas veces estuve tentado de seguir el ejemplo de mis hermanos y dedicarme a la bebida o meterme un plomo por la cabeza. La gran ciudad era un monstruo listo para echárseme encima y aplastarme. Yo creo que tuve una gran fuerza, o, acostumbrado a la lucha, supe enfrentar la adversidad de frente. Trabajé en cualquier oficio que se me presentara. Fui botones, mesero, repartidor de periódicos, mandadero, ascensorista, en fin, hice de todo. Y mientras me ocupaba por sobrevivir, entablé amistad con un viejo y olvidado pintor que vivía en el cuarto contiguo, en el edificio de arriendos donde me alojaba. Él se convirtió en mi maestro.

El Maestro, como yo lo llamaba, veía el arte como una puerta hacia otro mundo, un mundo al revés: *Allí puedes dominar no solamente las figuras sino las ideas, a tu antojo*, decía muy convencido. Y siempre concluía triunfante con la misma frase, mientras levantaba solemne ambos brazos: *El arte es tu pasaporte a la inmortalidad.* El Maestro estaba en lo correcto, como descubrí más tarde. Para entonces me encantaba escucharlo, mientras los dos divagábamos y soñábamos despiertos.

Con él descubrí que la pintura me brindaba no sólo momentos de dicha, sino que me permitía escapar momentáneamente de la realidad. Por desdicha, el destino me concertó otro encuentro con la desolación y la muerte. Fui enlistado para combatir en uno de los dos lados en que fue dividido el territorio coreano. Gente de una misma raza fue obligada a separarse y actuar como enemigos para satisfacer la ambición, la estupidez, y la locura de tres potencias: China, la Unión Soviética y los Estados Unidos. En ese infierno de metralletas, municiones y odio injustificado resulté herido en la cadera y pierna derecha, razón por la cual me retiraron del servicio con una renguera que me acompañó el resto de mis días.

Entonces, pude dedicarme plenamente a la pintura; era lo que quería y me gustaba hacer. La miseria y soledad de mi niñez y juventud, sumadas a mis experiencias de la vida como estados de angustia infligidos por una desconocida fuerza aplastante, de la que nos es imposible escapar, me llevaron a inventar un mundo distinto al que conocía. Fue así como, mediante el impresionismo, mis ideas y emociones se reflejaron en mi trabajo representando una realidad distorsionada, un estado ilusorio o dicho en otras palabras: la recreación necesaria de una alucinación. En mis cuadros empezó a aparecer el elemento repetitivo tridimensional de las cosas hasta el infinito, irrazonablemente cayendo en la trampa que me tendía la vida: una posteridad limitada de posibilidades.

Y mientras yo recreaba un sueño, a mi alrededor se sucedían los hechos que serían la historia de una época, acontecimientos que neciamente intentaba evadir e ignorar. Pobre estúpido iluso, no deseaba ser parte de mi entorno sin darme cuenta de que yo era una pieza del juego.

En 1960, ya siendo un pintor bastante conocido y celebrado, sin pecar de falsa modestia ni jactancia alguna, pinté la que para mí fue mi obra perfecta: *Fiptisio 89*. En ella plasmé una visión que tuve una tarde. Me vi entrando en un salón, donde un hombre ya mayor, lo digo por el pelo entrecano, se miraba en un espejo; en este espejo se reflejaba de espaldas un hombre ya mayor mirándose en otro espejo, y así sucesivamente continuaba desdoblándose la imagen del mismo individuo hasta el infinito.

Fiptisio 89 fue recibido con entusiasmo por la crítica y los amantes del arte. Dos años más tarde se exhibía junto a mis otros trabajos en el Whitney Museum de Nueva York. Aquellos fueron los días más felices de mi vida. Mi existencia no había sido en vano, mi labor fue el deleite de un público ávido de irrealidad y sueños. Irrealidad y sueños que encontraban en mis telas. A los treinta y tres años, afortunado de mí, había alcanzado la gloria y la inmortalidad.

El día anterior a la apertura tuve la necesidad imperiosa de recorrer la sala donde se exhibiría mi obra, y recrearme con mis figuras infinitas e ilógicas. Eran las seis de una tarde fresca de abril, hora en que las luces de la ciudad intentaban reemplazar la luminosidad del sol. Ya habían cerrado el museo cuando llegué, pero el guardián amablemente me permitió la entrada y reconociéndome me saludó: *Buenas tardes, maestro Simon. ¡Bienvenido!*

No voy a mentir, me sentí satisfecho y halagado frente a mis cuadros, en especial de *Fiptisio 89*. Con orgullo me detuve en éxtasis a contemplarlo. De repente me sobrevino un fuerte dolor en la cabeza y empezó a darme vueltas amenazándome con explotar. Nunca tuve problemas de salud, entonces, estos síntomas no tenían sentido. A mi edad gozaba de buen estado físico y si utilizaba un bastón era para disimular la cojera. Asustado del estado en que me encontraba, me sostuve al borde del cuadro. Los espejos se volvieron cóncavos, amedrentándome, intentando salir de la pintura y tragarme. Mi imaginación creó fantasmas corriendo de atrás hacia el presente:

la miseria de mi niñez, la muerte de papá, la tragedia de mis hermanos, la tuberculosis comiéndose viva a mamá, la maldita explosión en Corea que me destrozó parte de la pierna, la muerte de miles de desgraciados, la desolación. Finalmente, las sombras, el silencio, el aire espeso, la falta de oxígeno y después no supe más.

Un frío espantoso me impedía el movimiento, lentamente, sin fuerzas, abrí los ojos. Posiblemente había muerto y esta cama de sábanas blanquísimas, oliendo a desinfectantes, era el envoltorio de mis restos en el mundo de los vivos. Oí voces tras la puerta blanca y al escuchar mi nombre, imaginé a la muerte pronunciándolo. Intenté, en vano, levantarme y escapar. Mi cuerpo estaba conectado a una máquina a través de un sin fin de alambres. Seguramente, pensé, éste era el aparato que utilizaban para extraer las almas. Cada una de las fibras de mi cuerpo se estremeció ante la horrible idea. Así comenzaría otra etapa de tormentos y esta vez con el alma al desnudo, descarnado y sin ninguna protección ni aislante.

Una mujer pálida, toda vestida en blanco, abrió la puerta y me explicó que había sufrido un derrame cerebral, y que le debía la vida al guardián del museo, que llegó a tiempo a socorrerme. Todavía estaba en este mundo, todavía contaba con mi carne, que, aunque maltratada me pertenecía, era mía. Por lo menos sabía a qué atenerme. Me sentí más aliviado cuando la mujer me aseguró que pronto volvería a casa.

Hubiera sido mejor que estuviera muerto. Los médicos me dieron la más horrible noticia que tuve en mi vida. La apoplejía me había dejado semiparalizado, me había atrofiado muscularmente. Esta vez necesitaría una silla de ruedas o un par de muletas para poder movilizarme. Los dedos de la mano derecha apenas podía moverlos, con esfuerzo y muy poca precisión empuñaba objeto alguno, a esto se debe que partes de esta carta aparezcan como garabatos y otras sean casi ilegibles. Esto significaba que no volvería a pintar. Me sentí más hundido que nunca, atrapado en un pozo sin fondo, sin derecho a tocar la eternidad y así, sin esperanzas, me convertí en una masa grotesca e infame.

Pensé escapar, dejándome absorber entre las paredes y la soledad de mi estudio, pero el mundo se filtró por las rendijas, por mis poros, y otra vez regresé a la realidad de la que era parte.

Aprendí entonces que el hombre pertenece a los hombres, a la sociedad que lo rodea, a su tiempo, es elemento formativo de su historia. Los eventos que desde entonces se suscitaron en mi entorno, se fueron grabando en mi memoria a martillazos.

Jamás olvidaría los hechos que se sucedieron: el asesinato del joven presidente Kennedy en Dallas, precisamente el año siguiente de mi tragedia, noviembre 22 de 1963; la scrie de movimientos políticos y sociales que tomaron raíces en el país, la lucha de negros contra la discriminación y la pobreza; en 1968, el asesinato del líder negro Martin Luther King. En 1969, las violentas protestas contra la participación de Estados Unidos en la monstruosa guerra de Vietnam; el surgimiento de las nuevas teorías de izquierda, marxista, y grupos radicales exigiendo una total transformación de la sociedad. El consumo de las drogas, los alucinógenos, el LSD. Todo en un intento vano por sobrevivir las cochinadas del siglo. Cómo olvidar cuando en ese mismo año, el hombre logró caminar en la luna y recibió el primer corazón en trasplante. En 1974 el escándalo Watergate, que obligó al presidente Nixon a renunciar a su oficina y la sucesión de Ford, Carter, Reagan y Bush en el poder. En 1986, la explosión de la nave espacial Challenger y su tripulación. La quiebra de la bolsa de valores, el déficit presupuestario, la multiplicación de los desamparados, el uso del crack.

Sin poder sustraerme a la sociedad, mi sentido histórico dentro del espacio se agudizó. A través de los años me fui convirtiendo en un testigo, creo único, de mi repugnante siglo. Siglo de carniceros y víctimas, de destrucción y esperanzas, de muerte en Vietnam, de resurrección en la luna.

En 1989, ya no soportaba más el infierno en que me revolcaba, mi lenta y prolongada agonía, las fuerzas me abandonaban y a punto de enloquecer una idea se fijó en mi cerebro: el suicidio. Fue entonces cuando una sorprendente celebración me llenó de alegría y me volvió a la vida. En conmemoración a mis sesenta años, el Whitney Museum exhibiría toda mi obra en la misma sala donde se mostró por primera vez veintisiete años atrás. Me sentí eufórico y renovado por el tributo a mi labor artística.

La tarde previa a la apertura, un hermoso atardecer de abril, fui al museo en un taxi. No había abandonado el estudio en muchos años, por eso todo a mi alrededor me pareció transformado y nuevo. El vehículo de transmisión automática se me antojó una máquina de tiempo. Ilusamente me sentí un extraño viajando en otro tiempo y espacio equivocados.

Llegué al Whitney, el chofer me ayudó hasta la entrada del museo después quedé a merced de las muletas. Eran las seis de la tarde cuando el guardián abrió la puerta y, reconociéndome, saludó, inclinándose en exagerada reverencia: *Buenas tardes, maestro Simon ¡Es un placer verlo otra vez!* Luego me acompañó hasta el mismo salón de años atrás.

Me sorprendí al comprobar que mis cuadros ocupaban exactamente la misma ubicación de hace antaño, como si hubiesen estado colgados y abandonados en el mismo lugar los últimos veintisiete años. Descubrí el polvo acumulado en las telas y alguna telaraña colgando de los marcos. Cuando estuve frente a *Fiptisio 89*, no pude evitar estremecerme de pies a cabeza. Van a creer que los años de encierro me habían vuelto loco, y se sentirán tentados a dudar de mis palabras cuando les diga que los cristales en la tela eran verdaderamente espejos y a través de ellos podía ver a mis espaldas, reflejado mil veces, al joven con la cara contraída por el dolor apoyarse al filo del cuadro y, luego, caer pesadamente sobre el piso. Parpadeé repetidas veces, creyendo ver una alucinación, y luego, mi mente quedó en blanco.

El frío que entumecía mis músculos era de terror. Esta vez sí había muerto. No existía otra alternativa y la máquina a la que estaba conectado me extraería el alma sin remedio. Apreté los ojos hasta sentir dolor para no ver la cara de la persona o cosa que abría la puerta, presintiendo que algo terrible me esperaba. Con voz profesional, la enfermera me explicó que había sufrido una apoplejía, y que, si el guardián no hubiera llegado a tiempo, no hubiese podido escapar de una muerte segura. Pronto saldría de peligro y volvería a casa.

No suponen mal. Era el año 1962, y no el 1989, yo tenía treinta y tres años otra vez, sin comprender lo ocurrido, por qué, ni quien lo había así dispuesto. Pero allí estaba yo en el mismo espacio y tiempo, a pesar de tener una eternidad antes y otra después. Fijo en esos mismos momentos miserables para repetirlos otra vez, y otra vez, y diez, veinte, cincuenta, mil veces. Instantes repasados hasta el cansancio, con el espíritu muerto, odiando cada minuto de aquella eternidad matemática y sin sentido. Los mismos rostros, las mismas agonías, las mismas muertes, inútilmente pidiendo ayuda y lograr escapar de esta burla absurda, de esta inmortalidad sumergida en este pequeño lapso que no soporto más.

Esta carta fue encontrada en el bolsillo del pantalón del joven pintor Simon por el Dr.

Silverman, médico de turno en cuidados intensivos. Silverman la guardó en el bolsillo de su camisa, dentro del blanco mandil. No pudo leerla hasta la mañana siguiente, mientras sorbía una taza de café. De todo lo dicho en la carta el Dr. Silverman concluyó, con la falta de sensibilidad e indolencia que caracteriza a los médicos cuando casos que no logran comprender caen en sus manos, que la misma era producto de dos posibilidades. Primera, que como todo artista Simon gozaba de una imaginación fabulosa, y segunda, y la más probable, que el miserable sufría de alucinaciones al igual que muchos de los combatientes que regresaban con vida de Corea. Volvió a leerla otra vez, sonriendo ante todas esas locuras descritas en la carta y repitió para sí: *hombres caminando en la luna, corazones trasplantados, teoría marxista, escándalo Watergate*, realmente el pobre hombre tenía imaginación y buen sentido del humor.

Una hora más tarde, cuando Silverman llegó a visitar al paciente, Simon había muerto. Mientras la enfermera lo desconectaba del resucitador, él repasó la historia médica y firmó el acta de defunción del pintor, pensando que era mejor así. El joven artista hubiera vivido en un infierno con la semi-parálisis que le había producido la trombosis.

Silverman había olvidado por completo al loco pintor y su extraña carta, cuando en noviembre del siguiente año Kennedy fue asesinado en Dallas. El médico quedó sorprendido al recordar la cita en la carta. Asegurándose de que la misma era una simple coincidencia, no volvió a darle importancia al asunto. Pero cuando los otros hechos comenzaron a sucederse al pie de la letra, sintió horror. Todo lo que estaba sucediendo dejaba de ser la fantasía de un loco y se convertía en una trama perversa, de la que él sin proponérselo formaba parte. Trastornado e incrédulo, leía y releía la carta sin llegar a convencerse de la autenticidad de estas revelaciones o predicciones que se cumplían puntuales.

Su condición de hombre educado en las ciencias, le impedía creer en hechos sobrenaturales y fantasías de videntes. Esto que estaba sucediendo debía tener una explicación lógica y se dispuso a descubrirla. Fue hasta la casa del artista, seguro de enfrentarse con un fraude. Encontró que el estudio estaba ocupado por tres artistas jóvenes que lo compartían durante los últimos dos años. Los tres, muy prudentemente delante del médico, confesaron creer que el lugar estaba habitado por un duende. Los muchachos narraron las cosas extrañas que allí se sucedían a diario. De pinceles, paletas, mezcladores y tubos de pintura que eran lanzados contra paredes y suelo, de las cosas que desaparecían y que más tarde eran encontradas en lugares distintos. Y sumado a todo esto, el sonido de una silla de ruedas y de un par de muletas al ser arrastradas por el estudio.

Aún no convencido y llevado por una malsana curiosidad Silverman llegó hasta el cementerio donde descansaban los restos del artista. Encontró su tumba y efectivamente había muerto en 1962. Por supuesto que Simon había muerto, si él mismo había firmado su carta de defunción. Con desaliento leyó y releyó el epitafio: *Aquí descansan los restos*

*de Max Simon. El pintor continúa creando ilusiones
y alucinaciones en otro espacio.*

Desde aquel día, una insospechada melancolía se apoderó de Silverman y sin atreverse a confiar a nadie esta historia insólita, se volvió taciturno, esquivo y neurótico. Ya no necesitaba repasar la carta para conocer los acontecimientos por suceder porque los conocía de memoria.

Convencido del poder de Simon para leer el futuro, creyó que estas profecías mencionadas en la misiva guardaban un mensaje, y si el destino las había puesto en sus manos, él estaba obligado a anunciarlas y a prevenirlas. Su conciencia no le permitía quedarse cruzado de brazos si conocía que algo malo estaba por ocurrir. Por eso cuando la tragedia del Challenger iba a producirse en enero del '86', hizo todo lo que estuvo a su alcance para que NASA detuviera el despegue. El accidente se produjo inevitablemente y él fue investigado como sospechoso de formar parte de un complot para sabotear el programa espacial. Como resultado de su noble acción, perdió credibilidad profesional, su posición como sub-director del departamento de neurología en el hospital fue revocada, y terminó siendo el blanco de burlas entre la sociedad médica.

Sin importarle el descrédito y la mofa, insistió en evitar que se produjeran otros tristes incidentes y cambiar el rumbo de la historia. Duramente comprobó que ningún hecho, por insignificante que parezca, puede ser alterado. *¿Cómo entender que Cristo se dejara colgar de una cruz, sabiendo de antemano que la crucifixión sería un hecho? Porque el infeliz estaba loco y nadie, aunque fuera el mismo Dios, puede alterar lo que ya está establecido,* se preguntó y respondió aceptando la certidumbre de un destino implacable. Totalmente convencido de la imposibilidad de detener el curso de los acontecimientos, Silverman se resignó a ocupar su puesto de actor y espectador en el teatro histórico de su tiempo.

Cuando en Abril de 1989 se anunció la exposición de la obra del pintor impresionista Max Simon, celebrando el sesenta aniversario de su nacimiento, el doctor Silverman encontró necesario hacer el último intento por descubrir el misterio en la vida del artista, y su apocalíptica carta. Resueltamente se presentó en el museo la tarde anterior a la apertura para presenciar el fenómeno del *Fiptisio 89*. Estaba plenamente convencido de que el cuadro era maléfico, ya que todo lo mencionado en la carta de Simon se había producido dentro de los límites de la realidad.

Eran las seis de la tarde cuando llegó al Whitney, sabía que estaba cerrado, pero si todo marchaba de acuerdo con lo mencionado en la carta, Simon estaría por entrar en el museo precisamente a esa hora. No pudo controlar un estremecimiento de pies a cabeza, cuando al empujar la puerta, ésta cediera sin ningún esfuerzo. Impulsado por un sentimiento inexplicable entró al museo y llegó hasta el salón. Ahí estaban los extraños cuadros de Simon y atrayéndole como un imán, el *Fiptisio 89*. Conmovido, ansioso y sintiendo que la piel se le erizaba, lo miró. El cuadro era inexplicable, ajeno a la naturaleza humana, y, sin embargo, los espejos parecían auténticos hasta tal punto que a través de ellos podía distinguir una figura tras sus espaldas repitiéndose hasta el infinito. Curioso y a la vez atemorizado, dio la vuelta y encontró al guardián que, con una sonrisa demónica y burlona, lo saludó como si lo conociera: *Buenas tardes doctor Silverman, ¡Bienvenido!*

EL LOCO DEL CENTRAL PARK

*Soñando nos es dado ejercer gratis nuestra
aptitud para la locura. Sospechamos al mismo tiempo que
toda locura es un sueño que se fija.*

JULIO CORTÁZAR

—¡Ahí llega el loco! —exclamó la mujer que compartía conmigo y un viejo, la misma banca del parque.

—Pobre hombre, está totalmente desquiciado —se lamentó el anciano.

Miré de quién hablaban y sonreí conmovida al verlo. Más que un ser humano, el individuo se me figuró una aparición.

Un par de muchachos pasaron haciendo malabares en sus patines y al ver al hombre, uno de ellos, dando vueltas al dedo índice junto a la sien, a gritos dijo: *¡That guy is crazy, man!*

—¿Quién es ese hombre? ¿De dónde salió? —pregunté a mis dos compañeros de ocio, curiosa por lo que sucedía a mi alrededor.

—Ninguno de nosotros sabe nada de él —dijo el viejo. —Un día durante la primavera pasada llegó al parque como buscando a alguien, parece que no encontró a quien buscaba, ya que nunca más volvió a mirar a nadie. Desde entonces llega todas las tardes y se sienta a los pies del lago a dibujar.

—Habla solo —añadió la mujer mirándolo con pena —y no se le comprende ni jota. Cada loco con su tema, *anyway*, a ninguno de nosotros nos importa, porque no es peligroso, ni tampoco apesta.

En ese momento el extraño personaje empezó a dar vueltas a los acordes de una melodía que solamente él escuchaba. Sin darme cuenta moví la cabeza siguiendo sus movimientos, pensando lo extraordinario que sería compartir su desconocido mundo.

Durante el resto de la tarde lo estuve observando como una poseída. El loco ejercía una atracción increíble sobre mí hasta el punto de que todo dejó de tener importancia ante su presencia.

Hacía fresco, casi frío, uno de esos días primaverales en Nueva York. Me puse una chaqueta bastante usada, un par de *sneakers* viejos y me sentí cómoda. *No entiendo, me dije, por qué tengo que presumir de intelectual y fría con ese impecable traje de dos piezas con que a diario me disfrazo. Me rodeo de cerebros electrónicos y hombres de empresa sin escrúpulos ni conciencia, cuando todo lo que anhelo es sentir la hierba bajo los pies desnudos, aspirar el aliento de los árboles, contemplar los soles que brillan en la noche e imaginar que son mariposas las hojas que se lleva el viento.*

Entré por la calle setenta y dos y me senté cerca del lago, mi rincón favorito, cerré los ojos y como siempre empecé a soñar, tratando así de huir a otro mundo. Otro mundo menos cochino donde la gente fuera honesta, generosa, justa. Me sentía asqueada y con deseos de acabar con media humanidad. No era fácil pasarse la vida viendo tanta mentira, farsa, trampa, abuso, esperando que en cualquier momento te saquen del camino. *Los odio, desprecio a todo el mundo*, repetí para mí con rencor. *Con ellos nunca sabes cuando vas a recibir una cuchillada por la espalda, manada de lobos.*

Soñé que serpientes cascabeles bajaban a la estación del tren subterráneo siseando y lanzando veneno unas a las otras. Una vez en los túneles se transformaban en hormigas. Alegres se tocaban las antenas para comunicarse, olvidando que en el mundo de afuera no lograban comprenderse aunque hablaran el mismo idioma.

Altas voces y carcajadas me despertaron. A mi lado estaba el loco. Había bordado una corona de hojas y la había puesto sobre mi cabeza. Me la quité alejándome presurosa, no por hacer el ridículo, ni por vergüenza, fue por temor al verme reflejada en sus ojos color miel. Me vi, una mujer totalmente desnuda del yoísmo, del mezquino yo, del ególatra yo. Había vencido el culto a mi persona y estaba en todos los demás.

Desde aquella tarde acudí todos los días a mi cita, no pactada, con el extraño. Antes tuve afición por el ángel de la fuente Bethesda, en mi fantasía era de carne y hueso, bajaba del pedestal y se confundía con los mortales. Ahora mi atención la ocupaba el loco por completo y no sé por qué el estrafalario hombre me causaba tanta curiosidad cuando a los demás parecía no importarles su presencia. Era, tal vez, porque parecía una figura sacada de algún libro de cuentos. Así, vestido con sus túnicas color tierra que eran harapos, sus zapatillas remendadas, el trapo marrón atado alrededor de la cabeza y el rarísimo collar colgándole del cuello. Algo más que me intrigaba del loco era la libreta de dibujos que siempre llevaba bajo el brazo.

Varias veces estuve tentada de hablar con él, pero lo confieso, tuve miedo. Una de esas tardes, el loco levantó los ojos, quizás al sentir los míos observándolo con tanta insistencia. Su mirada, tierna y penetrante a la vez, me hizo estremecer de pies a cabeza, él sonrió dándome confianza, y es así como me le acerqué cada día un poco más.

Qué feliz fui aquel día en que me extendió una página de su libreta. En ella había dibujado con total precisión y detalles una pareja de gansos. En ese preciso momento dos de las aves llegaron a balancearse sobre el agua.

Durante las tardes sucesivas, venciendo mi temor, me senté a su lado. Con su harapienta indumentaria parecía un viejo, visto de cerca contaría unos treinta años. Era flaco, tenía el pelo lacio y negro contrastando con la palidez de la piel, dedos largos y finos. Imaginé que sería un extranjero llegado de algún remoto lugar, ya que todo él guardaba cierto misterio y lucía diferente… no humano, a pesar de ser igual a toda la gente. Fuimos cobrando confianza uno con el otro, y al comenzar el verano ya éramos viejos amigos.

Al inicio de nuestras pláticas no lograba comprenderlo, pero al paso de los días supe exactamente de qué hablaba: del amor, de la grandeza en la pequeñez del hombre, de la complejidad en la simplicidad humana, del desprendimiento dentro de la mezquina condición animal que nos encarna, del prodigio mayor de la existencia: el Hombre. Del todo que resume la nada.

Una tarde llegué comiendo un *pretzel*, le ofrecí un pedazo y lo rechazó. No sé por qué me vino a la mente ese otro que dijo alguna vez: *No solo de pan vive el hombre*, y comenté para mis adentros: *cosas de locos.*

Otra tarde, lo encontré contando una misma semilla por centésima vez, ya lo había escuchado decir antes a otra persona, en su boca sonó tan verosímil, cuando me explicó que estaba numerando la cantidad de frutos que nacerían de una sola semilla. Con una sonrisa me dijo: *Todos de una misma semilla. Un árbol está contenido en su semilla y sus frutos.*

Lo confieso, empecé a contagiarme de sus estados de ánimo. A veces reíamos sin conocer el motivo, otras la melancolía nos abrumaba por igual. Quise saber más sobre él, lo que hacía, lo que pensaba, sus costumbres. Los relatos que me hizo me convencieron de que más que loco estaba requetechiflado.

Exactamente como pensé, él venía de otro lugar, de una región cercana donde, según me dijo, no hay derecha ni izquierda; norte o sur; donde no existen fronteras, sin antes ni después; donde el espacio es el infinito. No hay cerebro humano que pueda imaginarlo ya que sus dimensiones no existen en nuestro sistema de cálculo. *Ahí todos somos lo mismo*, me dijo, *y somos eternamente, porque el tiempo no tiene medidas.* Eso me pareció sencillamente adecuado y hermoso, ya que así no veríamos envejecer y morir a los que amamos. Me atreví a preguntarle por qué los suyos tenían ese privilegio. *¿Acaso ellos no conocen la maldad, las bajas pasiones? ¿Acaso no son humanos?* Su respuesta la consideré una esperanza, y la vez una ingenuidad. *Para ser admitidos, los de tu raza solo necesitan un acto piadoso,* dijo con optimismo, *no de compasión,* enfatizó, *y otro de fe. A pesar de parecer imposible, todos, te lo aseguro, llegarán a lograrlo.* Al escuchar sus últimas palabras no pude evitarlo y me eché a reír con ganas, pensando para mis adentros: *Pobrecito, no conoce lo que es un ser humano, no sabe de lo que habla, se ve que tiene la cabeza llena de nueces.* Otra tarde mencionó su hogar una vez más, dijo que estaba al otro lado del lago, y me invitó a visitar sus increíbles dominios. Para llegar a ellos, teníamos que subir al pequeño bote que en su libreta dibujaba. Me doblé al piso con las carcajadas que me produjeron sus fantasías, hasta que llegó el momento de partir y nos embarcamos en el bote del dibujo. Él sonrió y contento comentó: *Ya tienes fe.*

El parque desapareció en medio de la luz que iba creciendo y creciendo hasta alcanzar tanta intensidad que tuve que refregarme los ojos para acostumbrarlos a su brillo. A ambos lados del lago, aparecieron los campos cubiertos de flores rojas con semillas negras en el centro. Él las llamó hieráticas, pero yo juraría que eran simples amapolas. Nos apeamos, corrimos por los campos como dos niños, reímos y comimos los pétalos de las flores. Sentí vaciarme de mí misma y flotar como un pensamiento. Deseé que ese instante de plenitud fuera eterno. No poseo la suficiente coherencia verbal para explicar lo sucedido, solamente puedo afirmar que aquella tarde conocí la felicidad de ser un humano con la capacidad de asombrarse, maravillarse y de conocer la sencilla razón de la existencia plasmada en la libreta de dibujos de un loco. Y fui el río, la flor, el campo, la luz, el loco, yo misma.

Creí que la experiencia vivida aquella tarde, había sido solamente un estado mental o una fantasía realizada. Cuando abrí los ojos estábamos de vuelta en el parque y los niños corrían atraídos por la música tan familiar del carrito del vendedor de helados. Todo fue verdadero. Él lo confirmó mientras aspiraba el perfume de una de las flores rojas: *Ese es mi hogar y el de todos los hombres cuando se den cuenta de que poseen la voluntad para vencerse a sí mismos y ser capaces de aceptar a todos por igual. Y allí seremos todas las cosas y en cada cosa estaremos todos.*

A mediados del verano me regaló su collar de colas de luciérnagas, mi amigo aseveró ser de brillantes. Lo usé para complacerlo, aunque sabía que me veía ridícula. Y llegó el día en que me permitió usar su libreta. Eso sí, me reconvino que dibujara cosas necesarias o hermosas, que nunca tratara de borrar lo ya existente pues crearía un cataclismo. Podía si, alterarlas siempre que fuera para conseguir el bien de mis semejantes. Empezó a llover y corrimos a guarecernos bajo un árbol donde use la libreta por primera vez. Dibujé un arco iris llegando de punta a punta que apagó la lluvia y brilló en el cielo durante el resto de la tarde. Desde ese día sentí ya no ser la misma, el mundo dejó de parecerme cochino y me abandonaron las ganas de acabar con media humanidad. Empecé a sentirme tan liviana que al caminar flotaba, tuve la sensación de que mis pies no tocaban el suelo. Me sentí confundida, sorprendida, y llena de una alegría desconocida que me puso a bailar al son de una danza sublime.

Al terminar el otoño mi amigo me anunció que partiría pronto. Como recuerdo de nuestra amistad me dejó su libreta para dibujar y una de las semillas hieráticas que me permitiría vislumbrar los dorados campos cada vez que me sintiera incapaz de amar, de comprenderme y comprender a los demás, o, que perdiera la fe en que los sueños si son posibles.

Los primeros vientos gélidos del invierno tocaban los rascacielos. La Quinta Avenida se me antojó pálida, desierta e interminable. Los árboles habían perdido la voz y, guardando sus energías para sobrevivir la fría estación, apenas si respiraban. Temblé sintiéndome olvidada, incomprendida y sola. Llegué corriendo y anhelante al parque esa tarde. Allí en la banca estaban la mujer y el viejo como siempre. Al no encontrar a mi amigo les pregunté si habían visto al loco y se me quedaron mirando con lástima.

—¿De qué loco me hablas? —preguntó el viejo. Les recordé sus palabras cuando lo ví por primera vez. Les describí al extraño sujeto.

—¿Tú entiendes de qué habla esta pobre criatura? —preguntó mirando a la mujer sentada a su lado.

Caminé hacia el lago y lloré al comprender que no veía a mi amigo por quién sabe cuánto tiempo. ¡Como llegué a amar su espontaneidad, su credulidad, sus palabras, su presencia! Miré el collar colgándome en el pecho y descubrí que los cristales eran realmente diamantes. El destello de la preciosa pedrería me hizo brincar de felicidad y sintiéndome la mujer más afortunada del mundo la mostré a todos los presentes que reían mofándose, o, sinceramente contagiados de mi contento.

Otra vez ha llegado la primavera y con ella árboles, ilusiones y sueños vuelven a la vida. Tengo la sensación de que toda nuestra desventura no es en vano, que juntos nos encaminamos a un hermoso destino. Por lo menos en Nueva York toda la gente lleva una sonrisa "dibujada" en la cara. Y como remedos de van Gogh se van perfilando sueños en mi libreta; maravillosas transformaciones, no en los demás, como yo pretendía, sino en mí misma y que me permiten la nostalgia por todos los hombres y mujeres que comparten estas tierras conmigo.

Como siempre, todas las tardes sigo llegando a sentarme cerca del lago. Y, mientras dibujo, me complazco en mirar a mis iguales, espejos donde me reflejo. Y siento enternecerme ante sus presencias. Extraños, confundidos, temerosos y temibles, capaces de maldades, pero también de sacrificios; miserables y a la misma vez, grandiosos.

Ellos no descubren todavía el misterio que nos liga al mismo destino, a la misma condición. Yo soy ellos y ellos son yo, así de simple. Y es por eso por lo que no importa que me miren con lástima y hagan burla cuando río al parecer sin tener motivos. Ellos ignoran que lo hago porque soy feliz al contemplar estas comarcas infinitas, repletas de hieráticas que se extienden más allá del lago. No me importa que pretendan no comprender una palabra de lo que hablo, de sus oídos sordos a esa música que brota de la tierra y que me hace bailar de júbilo sin poder contenerme. Tampoco me molesta que intenten confundirme, así como lo hacen esa mujer y ese viejo sentados en una banca, que al verme llegar al parque exclamen: *¡Ahí llega la loca!* O que algún muchacho al pasar a mi lado comente: *¡That woman is crazy, man!*...

ALMA

El alma humana está hecha para no estar sola.

P. Theilhard Chardin

Junto a mi cama una voz monótona predicaba: *La palabra actúa en el secreto del corazón, pero cuando conozcamos la metamorfosis…* Apenas podía entender de que trataba esa perorata porque las palabras sonaban lejanas, como un zumbido de insectos difundiéndose en el sueño, junto al recuerdo de las cosas que se opacaban en mi memoria.

Un punzante dolor en el pecho hizo que abriera los ojos. Sentí como si me arrancaran el corazón de cuajo y con él todas la ramificaciones venosas y nerviosas de mi cuerpo. Quise gritar, levantarme, correr, pero los músculos habían dejado de obedecer a mi voluntad. Posiblemente tenía una pesadilla y continuaba por los senderos brumosos del sueño, o, sin percatarme, había cruzado la desviación infinitesimal que lo separa de la muerte. Allí donde todo debe ser una imitación del mundo sensorial, sucediéndose en un mismo plano del espacio, en un tiempo inmóvil, en una dimensión sin medidas.

Lo cierto es que allí rodeándome y llorisqueando estaban mis parientes, fingida, o, sinceramente lamentando mi estado *in mortis*, un médico impasible contando el pulso en mi muñeca, y un cura mecánicamente ejecutando un ritual litúrgico de palabras, aceites y velas. *Con gusto daremos a conocer a todos los demás la realización del milagro...*

De repente, a un lado de la cama, apareció una figura que a pesar de confundirse con el aire era una llamarada incolora. Poco a poco fue levantándose del piso mientras todas las otras cosas en el cuarto continuaban pegadas en sus puestos atraídas por acción de la gravedad. Desperezándose, la figura subió hasta tocar el techo del cuarto y se tornó casi invisible entre los rayos de la luz matutina entrando a raudales por ventanas y rendijas. Entonces comprendí la causa del intenso dolor en el pecho, el desgarramiento que me dejó paralizada y vacía. Esa sustancia, esa energía que me permitía el movimiento, el brío, la acción, esa fiebre que calentaba mi cuerpo, era el alma y me había abandonado. Si seguía pensando era porque las señales eléctricas en mis neuronas todavía pulsaban en mi cerebro.

Su boca se abrió con un canto de primavera. ¿Celebraba así su liberación y mi condena? Liviana, inconsciente y feliz persiguió miles de puntos de polvo entre los rayos del sol. Descendió y llevada por la fuerza de la costumbre se entretuvo en admirar las cosas en el tocador. Sus dedos atravesaron el cristal del frasco y aplicó unas gotas del perfume detrás de las orejas, intentó agarrar la esponja con intención de empolvarse la nariz y se sorprendió al no poder lograrlo. Confundida, retrocedió al no ver su reflejo en el espejo. La vi titubear al sentir por primera vez que no contaba con mi presencia. ¿Acaso sintiéndose incompleta? ¿Mutilada? La cristalina figura giró la cabeza y sus ojos se percataron de mi fija mirada siguiendo sus movimientos con maravillado-horrorizado asombro.

El pánico la hizo temblar de pies a cabeza al descubrir que yo me debatía por sobrevivir en ese envoltorio de carne y huesos abandonado sobre la cama. Estábamos separadas por primera vez desde que nacimos. Cubriéndose la cara con las manos, lloró al comprender que yo era ella, que la ecuación que daba como resultado la vida, era imposible sin los dos elementos: ella y yo.

Ya tranquila y sin la acuosa sustancia que se evaporaba en el fuego de su piel, sus ojos resplandecieron como dos diamantes. Sin conciencia alguna y por puro reflejo, extendió los brazos intentando abandonarme y diluirse en la luz.

Por segunda vez la vi titubear y descender a prisa. Aún sorprendida estuvo contemplándome incrédula, dando vueltas junto a la cama con las manos sobre el pecho. A sabiendas de su momentánea ventaja sobre mí, le dije, ya sin palabras, y jugándome la última carta: *Sin mi presencia eres sólo un vaho, un ensueño, el anhelo de ser, nada. Si puedes pensar, piensa que puedes hacer sin mí. Me necesitas. Soy yo quien te da sentido.* Entonces ella se detuvo frente a mí y mirándome con ternura suavemente acarició mi rostro. Un suspiro profundo inflamó mi pecho al sentirla filtrarse en cada célula de mi cuerpo y con su calor recobré el control de mis movimientos. Mientras tanto los presentes seguían sus fútiles e inútiles lamentos y oraciones, sin sospechar ni percatarse del asunto de vida y muerte debatiéndose frente a sus ojos.

Han pasado años desde entonces. Todavía, Alma y yo, continuamos ligadas en una persona. Juntas, hasta que toda mi conciencia quede plasmada en su esencia y seamos la misma entidad. Unidas, la una apoyándose en la otra, en las buenas y en las malas, disfrutando y padeciendo todos los placeres y penurias que el cuerpo que compartimos nos permite.

Es tan hermoso sentir el calor del sol y mejor aún, el de un hombre sobre la piel, y el agua calmándonos la sed, nos decimos muchas veces y compartimos en asegurar que comer es uno de los placeres más exquisitos de esta vida. Y río yo y ríe ella, y muchos aseguran que mi risa suena como si un eco la duplicara. Y soñamos el mismo sueño y tarareamos la misma canción. Y es que todo lo hacemos por igual. Aquí la llevo dentro la mi piel, en la sangre, en los sentidos, en los pensamientos, decidiendo y actuando conmigo.

Ahí la encuentro cada vez que miro nuestra imagen en el espejo, con sus ojos que semejan dos pequeñitos diamantes, sonriéndome con complicidad, con amor, alentadoramente dentro de los míos.

Vaticinio

El corazón humano tiene una fastidiosa tendecia
a llamar destino solamente a lo que lo aplasta.
Albert Camus

En uno de sus libros, mi amigo Vasil escribió lo siguiente: *De acuerdo con la teoría de Newton, el universo es un reloj gigante, cuya cuerda se va desenrollando con precisión a lo largo de un determinado y rígido sendero, hasta llegar a un estado final inalterable. Consecuentemente esta teoría implica que todo en nuestro sistema, incluyendo nuestras vidas, está pre-establecido y ningún factor externo puede alterarlo.*

No sé hasta qué punto él tuvo razón, sin embargo, la experiencia me demostró que la voluntad de dos necios fue la que determinó los hechos, que dolorosamente aquí confieso.

Exactamente hace dos días, el 2 de enero, falleció mi amigo, el afamado escritor, Vasil Alecsandri. Los amigos, compañeros, familiares, admiradores y detractores estuvimos presentes para rendirle el último homenaje. Vasil murió en un macabro incidente, tiemblo al escribir esta definición, inocentemente planeado por mí hace veinte y nueve años.

Milos, mi otro amigo, y yo jamás olvidaremos la broma que le jugamos a Vasil para ridiculizar su fanatismo, y al mismo tiempo impulsarlo a tomar más en serio su vocación literaria.

En nuestra juventud, los tres participamos en un grupo esotérico llevados más por una perversa curiosidad que por la investigación de las ciencias ocultas en sí. Milos y yo tomamos las enseñanzas y prácticas como un entretenimiento. Nos hacía mucha gracia el profesor Zalma y sus collares, túnicas y turbantes extravagantes; y más todavía, sus melodramáticas presentaciones como mentalista, criptógrafo, cabalista, adivino, y más. Vasil lo tomó en serio, atraído por la palabra ardorosa y la imaginación iluminada del mago. Ya hastiados del juego y del pueril e irracional comportamiento de Vasil, insistimos en abandonar esas prácticas que nos conducían a nada. La negación y fanatismo del amigo me rebelaron y fue cuando malévolamente planifiqué mi predicción. Milos estuvo de acuerdo en jugarle la broma, si así recuperábamos a Vasil.

En una de nuestras sesiones espirituales, fingí entrar en trance y pronostiqué el futuro de Vasil. Le dije de la gloria que alcanzaría en el mundo literario con su talento y creatividad. Después de halagar su vanidad y embriagarlo con adjetivos y frases resonantes, hablé de tragedias que nunca debí mencionar y, con voz solemne anuncié su muerte: *Vasil Alecsandri, célebre e inmortal, dejarás de ser. Veo la fecha exacta: el 2 de enero de 1960. Ese día morirás.*

El silencio fue escalofriante, Milos sabía que mis palabras eran memorizadas como parte del plan y sin embargo quedó mudo por la impresión. Vasil y el profesor Zalma, con ojos desorbitados, me miraban demudados. Pretendí aliviar la tensión del momento y añadí algo que no estaba en el plan, algo monstruoso y disparatado: *Dos días más tarde me reuniré contigo amigo. Ese mismo mes y año moriremos los dos.*

El profesor Zalma fue el primero en hablar.

—Muchacho —dijo enojado—. ¿De dónde sacaste esa sarta de tonterías? No creo que estés jugando—. Y apuntando un dedo amenazante a mi cara, sentenció encolerizado. —Te lo advierto, esto es serio, esto es sagrado.

Vasil salió finalmente de su estupor, y con voz quebrada dijo:

—Tienes que estar en un error, tú no puedes pronosticar el futuro, y para broma fue muy pesada.

Milos palmoteó el rostro de Vasil confortándolo.

—No hagas caso amigo, ya conoces a éste, es un payaso.

La broma fue espantosamente pesada, pero dio resultado. Vasil perdió interés en las ciencias ocultas y no volvimos a reunirnos con el profesor Zalma. Puedo asegurar que ese episodio nos ayudó a madurar. Cada uno de nosotros continuó con su vida y fue exitoso en su profesión.

Vasil se dedicó por entero a las letras llegando a ser ampliamente reconocido en el mundo literario por su estilo melancólico y fatalista, guiado por una profunda preocupación: la limitada condición del ser humano y la inhabilidad para controlar su destino. Leí todas sus novelas con curiosidad y admiración, encontrando algo sutil que nos ligaba en esas pesadillas y circunstancias paradójicas, narradas de manera alucinante y fantástica.

Únicamente a través de sus libros, Vasil dejaba entrever su tremenda preocupación, sensibilidad, por el absurdo y esa tendencia, o ideología filosófica. En su vida pública reflejaba una personalidad todo lo contraria y llegaba a ser indolente, ordinario, cínico y vulgar. Sus tres matrimonios terminaron en divorcio y sus mujeres coincidieron en acusarlo de sadismo, de abuso físico y mental, de hacerlas sentir insignificantes a pesar de rodearlas de comodidades.

Milos y yo, sus mejores amigos durante la vida, nunca pudimos conocerlo realmente. Un momento renegaba de todo y maldecía a Dios, en el próximo iba a la iglesia y se hincaba frente a un crucifijo. Nunca pude saber que estaba pensando, ni cómo reaccionaría en el próximo minuto. En ningún momento pude decir que estuviera depresivo y tomaba la muerte como un acto natural parte de la vida de cualquier ente vivo. Bromeando decía: *Nadie muere en las vísperas. Cuando te toca, te toca.*

A pesar de que jamás volvimos a mencionar el incidente de nuestra juventud, me incliné a pensar que seguía latente en la memoria de los que lo compartimos como un pacto diabólico y perversamente secreto.

La noche del 2 de enero, o sea hace dos días, nos reunimos los amigos más íntimos como eventualmente lo habíamos hecho los últimos años, para agasajar a Vasil en un acto de reconocimiento y de camaradería. En un aparte, Milos trajo a colación la fecha, la cual estaba por terminar en poco menos de una hora.

—Me resulta doloroso el triunfo de Vasil, tal cual lo pronosticaste. Muchas veces he deseado que no fuera así, gracias a que la tragedia no se produjo.

En el otro extremo del salón, Vasil tomaba un vodka mientras conversaba animadamente con otros amigos.

—Míralo —añadió Milos señalándolo. —Si no fuera el escritor que es, diría que es un humano inconscientemente feliz y libre de pesadillas.

Cerca de las doce de la noche terminó la reunión. Interiormente preocupado, me brindé a llevar a Vasil hasta su casa y estar seguro que nada le sucediera hasta que terminara la fatídica fecha. En el camino conversamos de cosas banales y hasta me contó el último chiste que le habían dicho en la fiesta. Nos despedimos en la puerta de su casa con un fuerte abrazo.

Me sentí aliviado al comprobar que en pocos minutos terminaría el día. Llegué a casa y por más que lo intenté no conseguí dormir durante el resto de la noche. A la mañana siguiente me levanté sobresaltado. Sonó el teléfono, lo levanté intuyendo los hechos. Milos me dio la noticia.

—Anoche, después que dejaste a Vasil en su casa, se suicidó.

—¿Se suicidó? Eso no puede ser, no puede ser.

Lo sentí llorar del otro lado y preguntarse incrédulo:

—¿Por qué? ¿Por qué?

Me vestí y tan pronto como pude llegué a casa de Vasil, donde policías, periodistas, médicos, familiares y amigos entraban y salían. Uno de los empleados de la casa escuchó el estallido del arma suicida un par de minutos antes de la medianoche. Alarmado entró al despacho del señor, lo encontró ya sin vida y llamó a la policía.

Fue el mismo empleado quien me entregó el sobre con mi nombre, encontrado junto al cuerpo. Únicamente Milos y yo comprendimos el mensaje en la breve nota: *Aprendí que la vida es suficiente motivo para morir. No tiene ningún sentido alargar el plazo. Y sí, tenías razón, el destino estuvo desde siempre trazado. Con mi muerte, la cual es ineludible, lo constato. O, no tenías razón, mi muerte voluntaria lo demuestra. De una u otra manera yo cumplí mi parte. ¿Sabrás cumplir la tuya?*

Hoy que escribo este relato, no es para justificarme, a pesar de sentirme culpable de su determinación, pero para reflexionar y cuestionarme: ¿Poseemos los hombres la facultad de escoger nuestro futuro? O, ¿Es esa libertad una restricción que sufrimos y no podemos ejercerla? ¿Es el suicidio una forma de morir voluntariamente, haciendo uso de nuestro libre albedrío? Lamentablemente no puedo responder a ninguna de esas preguntas y al igual que Vasil las afirmo y las niego. Lo único que sé, es que han pasado dos días desde la muerte de Vasil y yo soy un hombre de palabra.

LA APARICIÓN DE OMIC-AYIN

Al incorporarse sobre las dos patas traseras, un extraño
animal abandona para siempre la felicidad
zoológica para inaugurar la infelicidad en un
miserable cuerpo destinado a la muerte.
Solamente se salvarán de la catástrofe los
únicos que ignoran su fin: los niños.
Los únicos inmortales.
ERNESTO SÁBATO

La soledad ha sido siempre mi mejor compañera. No es que huya de mis semejantes porque me disgusten, como se supone, aunque sí es verdad que me irritan, desconciertan y acaban por sacarme de quicio. Es que cuando estoy a solas me siento a mis anchas. Me enredo en los recovecos del pensamiento y mi imaginación traspasa los linderos de lo conocido.

Me encanta estar en silencio y poder escuchar los mínimos ruidos que reproduce la quietud. Oír las pulsaciones de la luz y del aire ondeando en mi contorno, el polvo acumulándose a hurtadillas por los rincones, el respirar de los árboles fuera de la ventana, el bullir de mi sangre por las venas, el corretear de las ideas por mi cerebro, el sincronizado movimiento del planeta llevándonos a cuesta por el universo. Siempre he anhelado encontrar un espíritu afín, que disfrute de estas secretas maravillas, que piense, actúe y sienta como yo. No lo he conseguido entre los míos, pero sí entre los otros. Les narraré como lo conocí y como se desenvolvió nuestra singular amistad.

Lo conocí en la buhardilla. Allí donde se recopilan cosas no sólo viejas, sino innecesarias; de las cuales fue difícil desprenderse por el valor sentimental que encierran para mi familia. Hay varios baúles. Dentro puede encontrarse cualquier cosa, desde osos de peluche sin ojos, hasta sombreros y fotos de gentes que vivieron en otro siglo. También existe un sillón estilo Luis XV, un reloj tipo "abuelo", un espejo con marco bruñido en oro, un maniquí de madera y alambre y una colección de libros maravillosos que a ninguno en la familia interesó leer y que yo reverencio, entre los cuales destacan los trabajos de Wells, Poe, de

Maupassant, Kipling, y Swift. Finalmente, mencionaré mi favorito: un juguete intrigante por su forma compleja, caprichosa y absurda. El extraño objeto tiene múltiples tapas de cristal, cada una de las cuales proyecta figuras y símbolos iridiscentes sobre otra superficie. No sé a quién perteneció, ni cómo llegó hasta allí, lo cierto es que lo encontré fascinante y decidí esconderlo al fondo de un viejo baúl donde nadie lograra descubrirlo.

A esa buhardilla subí cada que necesitaba estudiar o escapar del alboroto que armaban Susan, mi hermana mayor y sus amigos. También cuando mamá desafinaba con el piano.

Fui un niño solitario. Esto no preocupó a mis padres en lo más mínimo porque fui un estudiante excelente y pensaron que, el ático, era un buen lugar donde podía estudiar sin distracciones. Con el tiempo, allí se instalaron un escritorio, estantes para libros, y todo lo necesario para convertirlo en un estudio aceptable y un espacio acogedor.

Aquel día que empezó esto, había prácticamente escapado. Mis padres ofrecieron una fiesta sorpresa para celebrar mis doce años. La misma fue un desastre. La casa estuvo llena de muchachos que no eran mis amigos, los cuales corrían de adentro hacia fuera, armando un escándalo del diablo. Me sentí humillado y ridiculizado hasta el escarnio. Hui hasta mi refugio llorando, a sabiendas de que nadie subiría hasta que me hubiera pasado lo que ellos llamaban "el berrinche". Mas calmado, empecé a leer *El escarabajo de oro* y sin darme cuenta me quedé dormido.

Cuando desperté era ya tarde y la fiesta había terminado. Los violáceos y últimos rayos del sol penetraban por el gran ventanal inclinado que formaba parte del techo. La sombra de los altos árboles balanceándose en el patio, formaba un complicado adorno sobre el piso de la buhardilla. Muchas veces he pensado que es más bella y misteriosa la proyección grisácea de las hojas que su verde follaje. Esto me ha llevado a creer que vivimos en un mundo doble, donde todo tiene un derecho y un revés. Me levanté a colocar el libro en un estante y fue cuando descubrí "eso". Lo vi claramente y los pelos se me erizaron ante tan pavorosa aparición. El libro resbaló de mis manos y empecé a gritar con todas mis fuerzas. La última visión que tuve antes de que mis padres y mi hermana subieran corriendo, alarmados por el escándalo de mis voces; fue la del monstruo frente a mí, lanzando chillidos como si fuera un animal al que estuvieran torturado.

Papá me zarandeó por un brazo, logrando que volviera en mis sentidos. Mamá me sostuvo contra su pecho procurando tranquilizarme. Pasado el susto atiné a decir: *Era un monstruo, un fantasma.* Papá y Susan registraron todo el desván, sacudieron cojines y tapetes, movieron baúles y todo tereque regado por el piso, en busca del animal que seguramente tuvo que haber entrado por la ventana. Ésta y la puerta eran las dos únicas aberturas del altillo y estaban cerradas.

—Papi, son los libros de esos lunáticos que vive leyendo y el encierro de ermitaño, que tienen viendo visiones a este tonto —dijo mi hermana señalando la estantería, siempre tan ecuánime y enemiga de la lectura. —Un día se volverá loco y entonces será muy tarde para hacer algo por él —terminó sentenciando con convicción.

Días más tarde, a tanta insistencia de su parte, cometí el error de describirle la apariencia endemoniada del fantasma. *Esa cosa era de unos cuatro pies y medio de alto, tenía exactamente mi estatura, dije poniendo la mano sobre mi cabeza. Tenía el pellejo renegrido y brillante; la cabeza alargada, con orejas pequeñas y puntiagudas; el hocico parecido al de un mandril; los ojos rojizos, deslumbrantes y candentes; las manos eran humanas. Así, igualitas que las mías, con los dedos flacos y largos, y las piernas le terminaban en un par de patas caninas.*

—Seguramente fue un animal que trepó por el árbol y se metió por algún lado —insistió mamá, después de haber escuchado la descripción que, con lujo de detalles, le hice a mi hermana.

—¡Qué animal va a ser! —exclamó Susan, sin contener las carcajadas—. Lo que pasó fue que el bobo vio su propia imagen en el espejo.

Por varios días no subí al ático y cuando finalmente tuve el valor de hacerlo, fue en realidad para no seguir escuchando las burlas de las que fui objeto por parte de Susan.

No lograba sacarlo de la mente. Mientras leía, estudiaba o jugaba con el poliedro cristalino, levantaba la cabeza para sorprenderlo. No volví a encontrarlo en algunos años, aunque siempre estuve esperándolo. Y no sé por qué motivo, lo imaginaba haciendo lo que yo hacía.

Había empezado mi educación superior y leía, o, escribía hasta tarde en la soledad de la buhardilla. Claramente recuerdo aquella noche en que volví a verlo. Al día siguiente tendría que rendir un examen de filosofía en la universidad. Confiado y seguro de mi competencia, abandoné el texto y opté por continuar escribiendo un ensayo inconcluso.

De repente, intuí una presencia frente a mi mirándome con fijeza y sentí que la piel me quemaba. Lentamente levanté la cabeza, y allí estaba "eso" otra vez. Igualmente lo miré con curiosidad, sosteniendo la mirada, aunque temblando por dentro. Esa vez, yo tenía diecinueve años y pensaba que ningún fantasma de infame apariencia lograría asustarme, hacerme gritar, o correr, como un muchachito marica.

Me puse de pie, despacio, evitando espantarlo, y "eso" dio un paso hacia atrás. Noté que el fantasma era un pie y medio más alto, lo cual significaba que al igual que yo había crecido en los últimos siete años. Sin dejar de observarnos, "eso" dio un paso adelante y yo otro atrás. Un pensamiento perverso me cruzó por la mente: *Qué cosa tan fea y asquerosa, puede ser el mismo diablo en persona.* Finalmente, ambos retrocedimos. En un punto dejé de verlo cuando "eso" se desvaneció en el aire, como el espectro que era.

Durante mi examen, tuve que hacer acopio de toda mi concentración para no fallar. Más de una vez estuve inseguro y dudé en mis respuestas e interpretaciones. Así fue como insensatamente confundí el absoluto idealismo hegeliano condensado en la aparente simple expresión: *Lo real es ideal, y lo ideal es real*; con el idealismo sensorial de Berkeley, el cual afirma que las únicas cosas que uno puede observar son las propias sensaciones y éstas están en la mente. Así mismo me fue difícil separar las *mónadas* de Leibniz, entidades espirituales indivisibles e infinitas que componen a todos los seres del *noúmeno*, o realidad inexacta kantiana, materia de fe y no de conocimiento científico, y que trasciende la experiencia humana.

La tarde siguiente, estuve convencido que lo vería. Cuando lo tuve frente a mí, fue como si lo hubiese buscado voluntariamente violando su mundo. Tuve la impresión que todo en la buhardilla seguía presente pero envuelto en la sombra maravillosamente enmarañada de las hojas del árbol, donde la luz era violácea y el sol levemente teñido en magenta. Esta vez el espectro levantó el asqueroso brazo y con timidez rozó mi mejilla.

Su expresión fue más de incredulidad que de sorpresa. Lo imité y palpé su piel con cierta repugnancia. La misma era suave y aterciopelada y no aglutinada y viscosa como erróneamente había especulado.

Lo que fue una visión singular y espeluznante, se tornó habitual, grata, y necesaria. Afirmo sin lugar a equivocarme que los dos compartíamos no solamente el mismo ático, sino el mismo espacio y tiempo. Al pasar de los días me acostumbré a sus movimientos imprecisos que a ratos lo hacían invisible, y a sus guturales chillidos que originalmente me crispaban los nervios.

Quise compartir con él, el raro objeto cristalino, que, según Susan, fue el presente de nuestro excéntrico abuelo en mi primer cumpleaños. Con gestos me hizo comprender que le pertenecía y por las muecas en su corto hocico, supe que estaba feliz de haberlo recuperado. Estudiando juntos las figuras y símbolos que el objeto reflejaba, empezamos a comunicarnos. Descubrí que muchos de esos trazos no eran raros, sino figuras geométricas conocidas; y con alguna variante, los mismos guarismos del sistema enumerativo, yendo de infinito a infinito.

Estas herramientas comunes, sirvieron de lazo de unión a dos entidades diferentes. Pasamos largas horas disfrutando los sonidos del silencio y de acertijos gráficos; celebrando los descubrimientos que hacíamos el uno del otro, los cuales eran sorprendentemente iguales. De esta manera conocimos, o más bien, adivinamos nuestros respectivos nombres. El representó el suyo, con un óvalo, el cual puede significar infinidad de cosas. Decidí apoyarme en los alfabetos antiguos. Ensayé el griego: Ómicron (0) y el semítico del norte: Ayim(o), y de su combinación surgió el nombre de mi amigo: Omic-Ayin. Para dejarle conocer el mío, que es Alex, recurrí al mismo método. Tracé un triángulo cruzado por una línea en ángulo, imitando el símbolo Aleph de origen semítico y fenicio y otro también de forma triangular, Daleth, que tomado de los fenicios se convertiría más tarde en el Delta del alfabeto griego.

Todavía me parece increíble la forma en que llegamos a compenetrarnos siendo dos entes prácticamente ajenos, al punto de casi comunicarnos sin hacer uso de la palabra. Hablar con él era como hablar conmigo mismo. Aseguraría que sus ideas y pensamientos eran los míos.

En todo este lapso transcurrido, mi padre falleció y mi madre empezó a olvidar las cosas, entre ellas, a mí; y con la artritis que la imposibilitaban, no volvió a subir al ático. Susan contrajo matrimonio con un judío fanático, creyente o practicante de las doctrinas religiosas esotéricas hebreas. Lo importante fue que al final mi hermana se mudó de casa, aunque no logré deshacerme totalmente de ella. Cuando el tiempo se lo permitía, se acordaba de mí y, llegaba a fastidiarme. Se le había metido entre cejas que yo necesitaba formar un hogar y tener una familia, o verdaderamente terminaría volviéndome loco entre los libros, la escritura y el fantasma. Por supuesto me negué rotundamente a que siguiera interfiriendo en mi privacidad.

No tenía que convencer a mi hermana de la veracidad de mis afirmaciones, sin embargo, le mostré todos los gráficos que Omic-Ayin y yo intercambiábamos. Le parecieron interesantes, pero siguió insistiendo en que todo era invención mía y en que ya estaba bastante crecido para creer en hadas, gnomos y cosas por el estilo.

Sin embargo, uno de los acertijos llamó su atención en especial y quizás influenciada por su marido, que conocía del simbolismo cabalístico, le dio su propia interpretación que no fue nada despreciable. En una cruz inscrita en un círculo, y fuera de éste una M alterada, leyó este mensaje: *Thau* (+), la cruz o la síntesis, dentro del círculo que representa el equilibrio, fuera de éste *Tsade* (μ), la sombra y el reflejo. De un lado, lo verdadero e inmutable; del otro la fantasía y la ficción, lográndose así la perfecta anulación de toda fuerza. Esto reafirmaba que igualmente a Omic-Ayin lo inquietaban igual que a mí, los mismos enigmas, los mismos problemas del razonamiento existencial.

Por algún tiempo estuve pensando en el mensaje y de repente, la definición de luz y sombra me inquietaron y empecé a temer lo insospechado. Yo era un fantasma para Omic-Ayin, como él lo era para mí. Seguramente mi amigo ya había descubierto este fenómeno inverosímil: en determinados puntos del espacio él era un reflejo y yo una sombra y viceversa. Recién entonces comprendí los chillidos que lanzó la primera vez que nos encontramos. Se aterró de mi infame presencia, como yo me horroricé de la suya. La buhardilla era el vértice donde se cruzaban nuestras respectivas realidades. Él y yo éramos el mismo endemoniado individuo visto en los ojos del otro.

Día tras día nuestro lenguaje improvisado, mezcla de números, signos, figuras y trazos artificiosamente conjugados, se nos hizo más fácil de manejar, y así pude comprobar que mis razonamientos fueron legítimos, y nos reímos celebrando nuestra respectiva representación fantasmagórica.

Como era natural, Omic-Ayin, pidió una definición de mi entidad. No supe hacerlo. Y es que nunca he logrado explicar lo que es un ser humano. Pienso que somos como un axioma: algo que asumimos ser auténtico, sin ninguna prueba que lo sustente. Así como decir 1=1. Un verdadero enigma. Me sentí aliviado cuando él, tampoco supo definir su naturaleza. Y nos contentamos definiéndonos generalmente y sin anotar mayor complicaciones, como una forma de vida racional, con la capacidad de percibirse a través de percepciones y que nunca llega a conocerse de verdad. Una ilusión revestida de apariencia, que necesita de materia o de imaginación y que despojada de las mismas es nada. O lo que es lo mismo, sin encarnación y fantasía no existe.

Una de las muchas veces que Susan llegó a fastidiarme creí estar preparado contra su escepticismo. Intenté hacerla partícipe de un fenómeno físico, muy natural en nuestra dimensión. Por lo menos presenciaría la inhumana proyección de Omic-Ayin, cuando su figura se hiciera presente en el estudio. Ya repetidas veces su sombra, que anulaba la mía, se había hecho visible sin que yo lograra visualizarlo. Durante toda la tarde y parte de la noche que duró su visita, Omic-Ayin se abstuvo de presentarse. Una vez más mi hermana puso en duda mi cordura, y llegó a enojarse de mi testarudez al no aceptar que "el monstruo" era producto de mi soledad, y que yo necesitaba ayuda.

Supongo que Susan quería mi bienestar, y estaba sinceramente preocupada por mi estabilidad mental, y por eso era tan fastidiosa. Estoy seguro que me espiaba, esperando el momento oportuno para rendirme y obligarme a que la acompañara al especialista.

Una tarde mi hermana llegó sin anunciarse cuando Omic-Ayin y yo nos encontrábamos distraídos, discutiendo entre tantas cosas, nuestra conciencia y fuerte sentido de identidad personal que nos lleva a pensar, primordialmente en pensarnos. Alzamos la mirada al unísono al escuchar los gritos de terror que daba Susan, luego la vimos escapar despavorida escaleras abajo.

AMANDA

Hay un placer en la locura
que solo los locos conocen.
JOHN DEYDEN

—Amanda está grave. Los médicos no dan ninguna esperanza—. La voz de mi primo Walter tiembla a través del hilo telefónico.

Tengo siete años, me siento solo y perdido. ¡Mamá ha muerto y mi padre no me permite verla! ¡Los hombres no lloran!, grita mi padre, apartándome de su lado. Mete mis cosas en una valija y abandonamos para siempre la casa.

Las nubes cruzan fuera de los cristales de la oficina de la comandancia dibujando y borrando infinidad de figuras. Un pájaro gris azulado se pierde entre ellas. Si pudiera perseguirlo, agarrarme de su ala y remontarme con él hasta el espacio. No es posible, yo no tengo derecho a soñar. Yo pertenezco a este grupo de uniformados, a éstas hormigas militantes yendo y viniendo por el campo de entrenamiento, los equipos de artillería, siempre preparándose para la guerra, para la destrucción. Yo soy otra pieza más de esta máquina infame, otra pieza sin voluntad, con el cerebro lavado, cumpliendo órdenes, firme y mirando siempre de frente.

—Tom, necesitas venir —continúa la voz de Walter en el teléfono—. Amanda reclama tu presencia, repite tu nombre aún bajo los efectos de los calmantes.

Amo a mi prima Amanda más que a nadie en el mundo. No sé por qué motivo siempre que pienso en ella, la veo como cuando era niña. Amanda, esa pequeña rebelde, traviesa y audaz. Flaca y pálida, con esos ojos verdes inmensos y el pelo negro y lacio atado en una cola de caballo.

Escucho las palabras angustiadas de Walter, y yo que he sido adiestrado a despreciar el dolor ajeno, a ignorar la compasión, a burlarme de la muerte, siento un nudo en la garganta, la boca amarga y un hueco en el estómago produciéndome náuseas. Apenas si logro balbucir: *Salgo en este momento.*

Amanda, regreso a tu lado ahora que quizás no puedas verme. Dicen que soy un valiente y un héroe porque le arrebaté la vida a cochinos enemigos, que eran seres de carne y hueso como yo. Si pudieras ver todas las medallas que adornan mi uniforme. Finalmente, mi padre se siente orgulloso de mí. Soy todo un hombre. Sin embargo, no soy feliz, me siento derrotado y empequeñecido. Ya no soy ese muchacho que tú conociste y que creía poder tocar el cielo con las manos.

He caído de mi triciclo, estoy lastimado y llorando. ¿Quieres hacer de tu hijo un maricón? Los hombres se hicieron para aguantar. *Mi padre grita encolerizado y me arrebata de los brazos de mamá.*

Desciendo del vehículo junto al camino que conduce a la granja. Antes de entrar en ella, me detengo por un momento frente al muro próximo al portón metálico y me conmuevo al descubrir en una esquina el nombre de Amanda y el mío enlazados, los que ella borroneó un día y dijo que así estaríamos unidos para siempre. Me agacho y acaricio el grabado sobre el metal. Siento rabia y resentimiento: *¿Por qué las cosas inanimadas permanecen resistentes al paso del tiempo, mientras que nosotros, los seres que sentimos y pensamos, somos efímeros? Si Amanda y yo hubiésemos quedados suspendidos en ese instante del ayer, cuando fuimos tan felices. Si hubiésemos quedado inmortalizados en el maravilloso instante de la niñez.*

Levantándome, miro con nostalgia alrededor, mientras aliso mi impecable uniforme y tomo la gorra entre mis manos. Sin poder evitarlo me siento transportado al ayer.

Tía Andrea, hermana de mi padre, su esposo y sus dos hijos: Walter de catorce años y Amanda de siete me reciben a la entrada de la granja. Viviré con ellos hasta que mi padre decida que hacer conmigo. Tengo miedo, no los conozco, todo lo que me rodea es extraño. Los hombres no lloran, *me recuerda mi padre, al ver mis lágrimas que saltan incontrolables. Amanda me hala de una mano replicando:* Él si puede, porque es un niño, *y en su rostro aparece una sonrisa parecida a una enorme luna en menguante, formándole un hoyito en cada mejilla. Es atrevida, más tarde mi padre dirá que es una mocosa insolente.*

Aquí, en la finca, todo sigue igual. Los mismos árboles enormes llenos de nidos, el neumático que sirve de columpio colgando de uno de ellos, el estanque de los peces rojos, la gruta de piedras que llamábamos *El trono de la reina*, la colina bordada de tréboles, el estrecho riachuelo con su embarcadero movedizo, la balsa atada a los pilares, las macetas de terracota llenas de flores y las mecedoras de madera en el amplio porche.

Todo exactamente igual, inclusive el chillido de las cigarras parece ser el mismo. Y llego a imaginar que nunca abandoné la finca y que fueron una pesadilla los años que siguieron. Soy el mismo niño asustado y lloroso. Amanda vendrá en cualquier momento en mi rescate.

Fuimos juntos a la misma escuela. Los muchachos la admiraban por su destreza jugando a las canicas, usando el tirapiedras y recurriendo a los puños si la ocasión lo requería. Las niñas la envidiaban por su popularidad entre los muchachos. Teníamos la misma edad, pero con su ímpetu y carácter parecía gente grande. No había obstáculo que se le pusiera en el paso. Fue así como empezó a tomar clases de piano para que yo pudiera practicar, cuando le confesé que mi mayor sueño era llegar a ser un concertista famoso. Papá nunca me lo permitiría, porque opinaba que la música al igual que la poesía volvía a los hombres peleles y maricones.

En el piano Amanda encontró otro instrumento donde volcar su pasión y fuerte temperamento, y llegó a ser la gran artista que el mundo aplaudiría.

Todos la recordarían por su carácter explosivo. Yo que la conocía muy bien sabía que en el fondo era una sentimental. Adoraba los animales y guardaba flores entre las páginas de los libros: con predilección, las flores de viento. Sentía una piedad infinita por aquellas hermosas formas que se desvanecen al soplo de unos labios. Cuidadosamente las ponía en el papel para evitar que fueran deshojadas por el aire o por su propia respiración. Fue este sentimentalismo el que la obligó a seguir viviendo en la granja. Esta era su refugio, donde se rodeaba de las cosas que amaba. A ella regresaba al terminar sus giras. Detestaba los hoteles y los paisajes desnudos de naturaleza.

Mi padre decidió que yo necesitaba una educación más formal, y sobre todo alejarme de la influencia perjudicial de la mocosa. A los trece años fui enviado a una escuela privada y más tarde a la academia militar.

El día que nos separamos, Amanda estuvo muy triste, quizás presintiendo que sería por mucho tiempo. Sin embargo, me despidió con mucho barullo, me besó en la mejilla y en un susurro me dijo en la oreja: *Nunca olvides todo lo hermoso que hemos compartido, nunca olvides lo más importante: quién eres tú.*

Llegué a olvidarlos. No entiendo por qué intenté enterrar en el olvido todos esos años junto a ella, si fueron los más felices de mi vida. La academia y la estricta disciplina militar me transformaron en un autómata. Perdí la facultad de asombrarme y de disfrutar de las cosas, perdí mi identidad y perdí mis sueños.

La voz de Walter me saca de mi abstracción.

—Tom, ¡qué bueno que has llegado! —exclama abrazándome. Luego me ayuda con la valija hasta llegar a la casa. —Si prefieres puedes subir a tu habitación y descansar por unas horas.

Necesito verla. Así se lo hago saber y sin más formalidades nos dirigimos a su aposento. La quietud de Amanda me enloquece. Aquella horrible calma es una visión dolorosa. Me siento impotente ante la inercia de ese cuerpo antes tan vibrante. Visualizo la muerte con un mohín desdeñoso burlándose de nuestra humillante condición. Se me eriza la piel ante su fría presencia. Si pudiera arrebatársela de entre las manos, pero no, la muerte es implacable, está vigente desde el mismo momento en que nacemos y caminamos a su encuentro irremediablemente. Ella nos regresará a nuestro punto de partida, a ese lado desconocido que nos espanta, pero donde quizás encontremos un remanso y el instante eterno que tanto anhelamos.

La encuentro más delgada y pálida que de costumbre, con los negrísimos cabellos regados sobre los blancos almohadones. Me arrodillo a su lado, tomando una de sus manos entre las mías. Pronuncio quedo su nombre: *Amanda*.

—No puede oírte —dice tía Andrea entre lágrimas—. Ha entrado en coma.

Miro a los presentes. Todos tristes esperando lo inexorable. Mis tíos, Walter, su esposa y también mi padre.

—Todo ha sido tan horrible. Un borracho inconsciente golpeó su carro por detrás y casi la mata en el mismo instante.
—Entre sollozos explica tía Andrea—. Se negó a ir a una clínica. Tú sabes como ama esta granja.

La noche es insoportable. Walter se queda acompañando a Amanda para que los tíos puedan descansar. Soy obligado a retirarme temprano, se me nota el agotamiento. Me doy una ducha caliente que me ayuda a relajarme, apago la luz y me acuesto. Sin embargo, no puedo conciliar el sueño, dando vueltas en la cama con los ojos fijos en la obscuridad y pensando. ¿Dónde estará Amanda en estos momentos? ¿Qué significa estar en coma? Su cuerpo está abandonado sobre una cama, pero ella debe estar consciente en otro lado ¿Dónde? ¡Qué sola debe sentirse! ¡Qué triste!

Unos golpecitos en el vidrio de mi ventana llaman mi atención. Los ignoro creyendo que los produce un mapache trepando por el alero, o, una rama del árbol meciéndose con el fresco viento de la noche. Los golpes continúan volviéndose más fuertes. Me levanto y me acerco a la ventana para ver que los origina. Incrédulo, asombrado, descubro la carita de enormes ojos verdes, que con una sonrisa me invita a seguirla. Sin pensarlo, como hipnotizado, me deslizo sigilosamente tras ella por el muro. En puntillas avanzamos varios metros y luego echamos a correr hasta llegar a la arbolada. Su risa escandalosa retumba contra los arbustos y sube hasta la copa de los árboles confundiéndose con la noche. Bajo la luz de las estrellas capturamos cocuyos y vamos guardándolos en una caja de fósforos que ella saca del revolcado pantalón. Rendido, me tiro sobre los tréboles, y me quedo dormido mientras contemplo a los cocuyos, todos saliendo de la caja al mismo tiempo, iluminando a la larguirucha figura con sus colas fosforescentes.

A la mañana, me encuentro confundido y sin saber que hago acostado en medio de la arboleda. Creo que caminé dormido y así he llegado hasta el campo. En el comedor me topo con mi padre, que con disgusto mira mi pijama arrugada y sucia. Avergonzado de mi aspecto lamentable, miento para poder explicar la extraña experiencia. Más tarde subo a ver a Amanda que continúa igual. El médico nos asegura que ella no sufre porque está sumida en un estado de inconciencia total. Cuando nos quedamos solos, y a pesar de saber que no puede escucharme, le cuento que la noche anterior soñé que éramos niños, que corrimos por el campo y agarramos cucuyos.

En la tarde salgo a caminar por los alrededores. Necesito poner los pensamientos y las emociones en orden. De repente detrás de la glorieta sale la muchachita de un brinco. No estoy soñando, a la luz del día puedo apreciar cada gesto, cada detalle, y no sé cómo, pero esta chiquilla es Amanda cuando tenía diez u once años. Sin lugar a duda es ella, con sus enormes ojos verdes y el negro pelo atado en una cola, con la visera de la gorra puesta hacia atrás, y los pantalones sucios arremangados hasta las rodillas.

Alborotada y gritando mi nombre, Amanda se echa a mis brazos, me abraza, y luego me mira por un rato largo como si me desconociera. Luego me besa en la mejilla y echa a correr para trepar al neumático que sirve de columpio. Yo la sigo y empiezo a mecerla. La pequeña ríe alocadamente mientras exijo mi turno. Aburrida ya del juego, subimos hasta lo más alto de la colina y desde allí nos deslizamos dando volteretas, gritando como un par de chivos y chorreando mugre. Luego nos metemos en el estanque con ropa y todo, tratando de agarrar las ranas que saltan juguetonas. Como un chiquillo cogido en falta y tratando de esconder uno de los animalitos que croa desesperado en mis manos, mi padre me hace volver a la realidad.

—Tom. ¿Qué haces metido en la charca? ¿Te has vuelto loco? ¿Qué van a pensar los demás? ¿Has olvidado tu rango? —sus preguntas son recriminaciones.

Una vez más no se justificar mi comportamiento. Yo mismo no puedo explicar qué me está sucediendo. No quiero tomarme el tiempo para darle una explicación, no me importa lo que piensa, que no me moleste. Me siento inmensamente feliz, le doy la espalada, y echo a correr internándome entre los árboles, dejándolo boquiabierto por la sorpresa. Desde lejos escucho sus gritos de reprobación y sus amenazas.

Al día siguiente Amanda y yo volvemos a encontrarnos y jugamos sin descanso hasta terminar llenos de polvo y sudor. Riendo felices tiramos piedras en el río, navegamos en la balsa llevando cada uno de nosotros un parche en el ojo, trepamos árboles, cogemos nidos, colectamos mariposas, danzamos como indios.

No sé si esto es producto de un sortilegio o si mis recuerdos cobran vida influenciados por la agonía de mi prima. No importa. Lo cierto es que he recobrado a Amanda y con ella, los más hermosos momentos de mi vida.

Esta noche mientras le sujeto las frías manos, dándole calor entre las mías. Una sonrisa aparece en sus labios amoratados y en sus flácidas mejillas aparecen los hoyitos.

—Debe de estar soñando —comenta tía Andrea con entusiasmo—. Pobrecita hija mía, sus últimas imágenes son de felicidad.

—Mi hermana no ha perdido la conciencia. Pensamientos hermosos están pasando por su cabeza, por eso sonríe —dice Walter dándole un beso en la frente.

Temprano y sin siquiera desayunar, salgo de casa seguro de encontrarla. Camino buscándola por todos los sitios donde usualmente se escondía. ¡Amanda! grito emocionado cuando la encuentro sentada en la gruta de piedras que bautizamos *El trono de la reina*. Amanda lleva el vestido largo y vaporoso que pertenecía a su madre. Ser una reina es uno de sus juegos favoritos. Ella da órdenes y yo tengo que cumplir cualquier capricho que se le antoje.

La pequeña baja de la gruta y con una señal me pide que la siga. Voy tras ella marchando, como ella lo pide, hasta llegar a la casa. Entramos. Mi padre, los tíos y Walter están en su cuarto acompañando al médico que, como cada mañana, a esta hora, llega a examinarla. Sigo a Amanda hasta el salón donde está el piano. Con un impositivo gesto hace que me siente junto a ella. Torpemente mis dedos corren por el teclado. Las primeras notas de mi pieza favorita me estremecen, corren por mi piel, por mis venas, por mi espíritu. *Etude 12, El Revolucionario*, aquella melodía que me alejaba de la inseguridad y me acercaba a la plenitud. Siento como si me hubiese perdido de mí mismo hace mucho tiempo. Siento recobrarme. *Este soy yo*, me digo, *el que se detiene arrobado a contemplar una flor, a las hormigas llevando bultos a cuesta, el que se enternece al contemplar las alboradas, el que cuenta estrellas, el que ama la quietud, los versos de Whitman, la música de Chopin, el que cree en los hombres, el que cree en la vida.*

Atraído por la música, Walter ha bajado del cuarto de Amanda, me pone un brazo alrededor de los hombros y me dice quedamente: *Amanda ha muerto.* Amanda ha muerto y la visión de la muchachita palidece a mi lado.

Amanda ha muerto. Ahora comprendo, Amanda se había detenido un instante antes de continuar en su camino hacia la eternidad para venir una vez más en mi rescate. No siento vergüenza de dejar mis emociones al descubierto y lloro porque Amanda ya no regresará. Lloro por mi madre muerta, por mi padre, por mí mismo. Lloro porque necesito hacerlo.

Mi padre llega luego y al mirarme sabe que en este momento he dejado de ser un niño, que nunca más podrá dominarme y decidir por mí.

Deseo estar a solas, salgo al porche, y apoyado en la balaustrada, contemplo el campo cómplice de momentos inolvidables, donde mil deshojadas flores de viento vuelan y van perdiéndose más allá de los árboles.

LA CLASE DE MATEMÁTICAS

Dos extremos: excluir la razón
y no admitir más que la razón.

BLAISE PASCAL

A Nubia Soria

Antes de llegar a casa, pasé por las oficinas del correo para recoger el paquete que me informaron había llegado el día anterior. Pesaba casi nada y era bastante pequeño. Intrigada busqué el nombre del remitente. Este se había limitado a escribir sus iniciales: N. S., sin registrar dirección alguna.

Aprisa, y muerta de curiosidad, llegué a mi apartamento. Con manos temblorosas abrí el paquete. Este contenía una caja pequeña, grabada con un girasol sobre una espiral dividida en las secuencias de Fibonacci. Dentro, como lo supuse, encontré una rosa roja recién cortada atada con un lacito que fue azul, y que ahora descolorido por el paso del tiempo, estaba casi blanco. Con vehemencia aspiré el tenue perfume de la flor, reconociendo en ella la afirmación de una obsesionante sospecha. Volví a guardarla en la cajita sintiéndome feliz al comprender que la persona que la enviaba no había mentido y continuaba con vida. Reí contenta como una niña, repitiendo: *Ella no mintió, está viva.*

Dentro del paquete también encontré un artículo, en realidad el recorte de una revista científica o algo similar. Empecé a leerlo con deleite. Cada palabra revivía una esperanza, a la vez que confirmaba el trabajo del matemático cumpliendo con la misión impuesta. *Los cuentos del infinito y más allá*, el arrogante título ya decía de la personalidad y genio de la que fue mi maestra: Nubia Soria, la bruja Soria como la llamábamos. Fue fácil reconocerla en esa terminología tan propia de su vocabulario. Frases como: *Infinito más uno, Dimensiones fractales y el sistema del caos, La secuencia omega y la eternidad,* me hicieron sonreír; y moví la cabeza al pensar en la falta de fe y credulidad de Virginia y Tere, mis dos compañeras y mejores amigas de aquella época. Ya me imaginaba sus comentarios cuando les contara que la Soria me había enviado pruebas de su existencia.

Locuras, teorías del mismo diablo, diría Tere; y Virginia, con su escepticismo exasperante, añadiría: *Sigues creyendo en la inmortalidad de esa lunática farsante a estas alturas de la vida. Mujer, pon los pies sobre la tierra, ya estás vieja para creer en esos cuentos.*

Aquella época fue treinta años atrás cuando en el cuarto año de secundaria conocimos a la Soria. Ese era su primer año como maestra en el colegio solo para jovencitas. Según nos enteramos, ella venía altamente recomendada de un país en el exterior para enseñar en nuestra pequeña ciudad.

Cuando la vimos entrar en el aula quedamos mudas y recuerdo que sentí erizárseme la piel. Ella no pronunció palabra por varios minutos que parecieron una eternidad y nos fue mirando de una a una como queriendo leer nuestros pensamientos. Cuando sus ojos se detuvieron en los míos, temblé de pies a cabeza y entre dientes murmuré: *¡Dios mío!*

Luego, con voz ronca y poco femenina, dijo: *Quiero que sepan que mi intención es que aprendan lo que es importante, lo que necesitan conocer, y jamás tomen la matemática como un juego, porque no lo es. No he venido a perder el tiempo. Saquen papel y lápiz y demuestren que tanto conocen de la materia. Ya mañana sabré donde empezar.*

Cuando salimos de clase a todas se nos notaba pálidas y preocupadas.

—Para mí, que esa mujer es una bruja— añadió Tere bastante desalentada.

—Bueno —dije yo pretendiendo mostrar calma—, primero tendremos que conocerla, a la final es como dice mi papá: *El diablo no es tan feo como lo pintan.*

Reímos las tres. Ellas mofándose de mi optimismo, yo para encubrir el terror que me producían lo nuevo y lo desconocido.

La Soria, mujer madura, sin edad precisa, contaría treinta, cuarenta o quizás cincuenta años. De facciones duras, daba la impresión de ser inconmovible e inalcanzable. Supimos que descendía de españoles, pero igual podía pasar por italiana, griega o hebrea. Sabía mantener el control sobre los demás y dominar las situaciones. Conocía el arte de someter las emociones a la voluntad. Hablaba sin mostrar los dientes, y a pesar de ser bella físicamente, su frialdad y hermetismo la hacían lucir pavorosa. Todas estas características nada recomendables, no impidieron que ella se convirtiera en mi ídolo. Su palabra y personalidad tenían el poder de extasiarme.

Recuerdo con precisión lo que dijo como introducción a un nuevo capítulo: *Es materia abstracta, si es posible llamarla materia. Posee infinidad de cualidades, dimensiones y características intangibles. Está representada en formas y símbolos, existe necesariamente y es exacta.* Con esa definición, la Soria expuso con palabras y gestos perfectos, la vaga idea, que hasta ese instante tenía sobre lo que debía ser un Dios.

Necesitan prestar toda la atención posible, lo van a lamentar si no siguen mis enseñanzas, dijo amenazante, mirándonos con esos inescrutables ojos, y continuó: *Si tienen alguna duda o pregunta, pueden interrumpirme sin temor. Poder entender lo incomprensible es vital, porque la matemática es el lenguaje del universo.*

Ella es una sacerdotisa, pensé con admiración. Su manera de hablar y sus ademanes eran "pases mágicos" que me dejaban como hipnotizada.

Solamente así conseguirán penetrar y dominar este mundo de las ecuaciones algebraicas, dijo a continuación sacándome de mis pensamientos.

¡Oh!, suspiré, dándome cuenta de que ella no hablaba de ninguna divinidad, sino de igualdades que contienen una o más incógnitas, mientras escribía en la pizarra:

$y = ax+b$

Así fuimos, o, fui iniciada en un nuevo y complejo lenguaje, imposible de memorizar sin antes analizarlo y recrearlo mentalmente en el espacio. Como ella lo confirmó: *Números e imaginación se definen iguales.*

Cada lección se tornó en una trama que se desenvolvía intrigante. Era como caminar por un largo túnel del que se ignora si tiene salida, y si la tiene se desconoce lo que existe al otro lado. Escuchándola, pensé en la existencia de una ecuación inimaginable, un símbolo místico que descodificara el universo. Una cifra, la cual sería imposible de concebir mentalmente; con una incomputable secuencia de dígitos, consistente de conjeturas no existentes; indescribible, omnisciente, etérea, eterna; lógicamente carente de razón; paradójicamente no-resuelta. Y poder conocerla nos daría la respuesta a...

Me sobresalté cuando la sentí junto a mí, mirándome fijamente a los ojos. Los suyos parecieron dos huecos profundos e incoloros.

No te distraigas, dijo severa, explicando para mi estupor: *Sí, existe una ecuación difícil, extraña, infinita, pero permisiva y explicable. No es una sorpresa que la abstracción de los números para contar sea a la vez posible y útil. ¿Cómo somos entonces capaces de decir que tres manzanas más dos manzanas, son cinco manzanas? ¿Cómo una serie aparentemente trivial de operaciones puede capturar la esencia del mundo real? No es un milagro que el universo este construido de tal forma, que abstracciones tan simples como los números sean posible.* Y como un mensaje secreto dicho solamente para mí, continuó en voz imperceptible. *Un día, conoceremos la cifra monstruosamente perfecta y entonces seremos dioses.*

Su mano acarició mi cabeza y por primera vez mostró los dientes. Esbozó una sonrisa preciosa y se transformó en un ser humano normal y corriente. Todas sus alumnas reímos con ella.

Hablo de complejidades matemáticas porque no todo el mundo las entiende, y eso me produce una sensación de superioridad, comentó en tono de camaradería. *Practíquenla y verán a los demás empequeñeserse ante ese poder.*

Al salir de clases volvimos a reír del extraño comportamiento de la maestra. Por decir algo que explicara el repentino cambio, comenté: *¿Ven como no es tan feo el diablo?*

Desdichadamente fue la única vez que la conocimos en esa nueva faceta. Después continuó comportándose igual de fría, lejana, y aunque me duela decirlo comenzó a desvariar. Decía cosas sin ningún sentido para nosotras, cosas tan insólitas como: *Llovía torrencialmente aquella tarde en que me reuní con Descartes en Ámsterdam. Ya 400 años A.C. Demócrito y yo discutimos la teoría atómica de la materia.* Mezclaba el presente con épocas antiguas y repetidas veces usaba otras lenguas que no eran el español.

En su defensa solo atinaba a preguntarles a mis compañeras:

—¿Creen ustedes que será fácil tener tantas fórmulas en la cabeza? Cualquiera puede equivocarse.

—¿Cómo va a equivocarse? Si afirma que conoció a esos tipos y compartió con ellos —refutaba Tere enojada conmigo—. No lo tomes tan en serio. Esa mujer está chiflada y terminarás igual que ella. No sé a veces creo que te ha robado el alma, o lo que es peor, que te ha idiotizado.

A mediados del curso, sin previo aviso y de repente, llegó un maestro substituto. Entre el alumnado se comentaba que la Soria se había trastornado y estaba en el manicomio, que había sido suspendida por alienar y confundir a las estudiantes con ideas disparatadas, o, que había regresado a su país de origen.

El señor Beckman, el nuevo maestro era simpático, responsable, profesional y estaba empapado de la materia, pero lamentablemente el sortilegio se había roto. La clase continuaba siendo interesante pero la magia había desaparecido.

Mi desaliento crecía a medida que el tiempo pasaba. Yo sabía que ella no podía mentir, que con esos símbolos extraños que garabateaba en la pizarra y esas frases en otros idiomas que no comprendíamos, nos estaba dando la clave del secreto que ella poseía.

Necesitaba hablarle, conocer su dolencia. Finalmente resolví visitarla. Quizás ella necesitaba hablar con alguien que la creyera y mi presencia fuese reconfortante.

Su casa estaba a unos treinta bloques de la escuela. Después de la última clase en la tarde, me encaminé hasta ella. En el trayecto compré una rosa roja y le até el lacito azul que sujetaba mi pelo. Seguramente le gustaría la flor, después de todo la Soria era una mujer.

Una verja sin pintar rodeaba el frente de la casa. Nunca nos enteramos si era casada o si tenía hijos. Lo cierto es que todo estaba quieto y temí no encontrar a nadie, que ella estuviera en un hospital. Ya estaba allí, y llena de un desconocido temor, entré. El pequeño jardín lucía abandonado, las plantas agonizaban y las hierbas estaban secas. Toqué la aldaba temblando de pies a cabeza al mirar el horrible sello mesopotámico sobre el dintel. Al no recibir contestación, empujé la puerta y comprobé que no tenía cerrojo. Un desnudo y obscuro umbral se abrió a mi paso, éste daba a un salón blanco sin muebles ni adornos. El silencio y el frío reinaban en el salón poniéndome la carne de gallina.

—¿Quién anda allí? —preguntó la voz familiar.

Del susto, por poco tiro la flor al piso. Mis rodillas temblaron y el pulso se me aceleró, más de espanto que de emoción, al mirarla vestida toda en blanco en ese ambiente tan sobrecogedor y poco iluminado.

—No tengas miedo —dijo al leer en mi rostro, la inquietud que me causaba su presencia.

—Estoy bien. Como está usted —dije todavía temblorosa.

—Sígueme, voy a servir un té.

Pasamos a otro salón donde había dos sillas, una mesa en la que descansaban algunos papeles y varias cajitas metálicas, y algunos libros regados en el piso.

—Siéntate y espérame. Regreso en un minuto.

Cuidadosamente deposité sobre una silla, la flor que olvidé entregar, y me entretuve en hojear un tomo de los libros que recogí del piso. Las hojas amarillentas estaban escritas con símbolos que yo desconocía. Comencé a sentirme inquieta y deseosa de abandonar la casa. Posiblemente ésta era una casa maldita y la Soria una bruja de verdad. Sintiendo urgencia de huir de ese ambiente desnudo y asfixiante, me dirigí hacia la salida. Después de todo ella no me necesitaba, ni tampoco estaba enferma.

—Aquí tienes tu té —me detuvo, mostrándome la bandeja con dos tacitas y una tetera que luego depositó sobre la mesa pequeña. Antes de sentarme, le entregué la rosa. La vi estremecerse y palidecer. Esta vez la lágrima que le rodó por la mejilla, volvió a humanizarla por segunda vez desde que la conocí. Recobré la confianza y me sentí más tranquila. Si la Soria podía reír y llorar entonces no era un monstruo, era tan humana como cualquiera.

—Hay tanta belleza en estos pétalos, si miras la flor detenidamente descubrirás que esta trazada dentro del perfecto *Golden ratio*. Por sí sola atestigua el plan de orden racional. La armonía como la vida son indestructibles.

—Creí que usted estaba enferma —interrumpí sin comprenderla.

A través de los años he tratado de descubrir el significado de sus palabras y el mensaje que encierran. He concluido que solamente los espíritus selectos descubren el motivo de la existencia en el lapso de una sola vida. Me atrevo a pensar que ella no aceptaba la teoría que nos clasifica como elementos transitorios, peor aun la que nos afirma como el resultado de una creación improvisada y salida de la nada.

Puso la rosa en una de las cajitas con las mágicas inscripciones de Fibonacci y no en agua como sería lo acostumbrado.

—¿Te gusta el maestro Beckman? —preguntó, y sin esperar mi respuesta continuó. —Entiendo que te atrae e intriga el misterio. Que al igual que muchos a través del tiempo, desean conocer la cifra correcta. Me complacen de sobremanera tu predilección y la atención que siempre prestaste a mis enseñanzas.

Mientras paladeábamos el té comenté la antigüedad de los libros.

—Parecen libros de hace mucho tiempo.

—Son todos originales y están escritos en hebreo, árabe, latín, sánscrito.

Esa nueva faceta fue deslumbrante.

—¿Puede usted reconocer todos esos símbolos? —pregunté impresionada de su capacidad lingüística.

Esta vez su rostro pareció el de una estatua. No movió ni un músculo.

—Son mi lengua —dijo levantándose y ocultando la cara entre las manos. Sentí una infinita pena ante su grandeza.

—Yo conozco la ecuación posible y misteriosa que tú sospechas —confesó con voz que retumbó como salida de un profundo y lejano espacio.

—Me sorprendió tanto que descubrieras mi secreto. Penosamente llegó el momento de partir. Todos dirán que he muerto. Tú sabes que eso es improbable, que la existencia es lógicamente necesaria, que tiene un lugar en la mente y una realidad propia. No es una invención, un incidente, un capricho; es la conciencia de ser.

El pánico volvió a apoderarse de mi cuerpo. No entendía una palabra, no lograba comprender que le estaba sucediendo. Quise correr y mis piernas no me respondieron. Literalmente quedé pegada al piso. Diversidad de lenguas se mezclaron en su boca. Con mucho esfuerzo volvió a hablar en español.

Es mi misión educar a la raza humana en el conocimiento de su destino que esta cifrado en un símbolo, en un solo número que contiene en sí todos los elementos necesarios. Los primeros dígitos, los signos tempranos de adición e igualdades los impartí entre los egipcios, griegos, indios, árabes, los pueblos iniciados. Cantidades, magnitudes, propiedades y leyes fueron aceptadas más tarde.

Personalmente no comprendía mi metamorfosis, sólo cuando fui Pitágoras, tuve conciencia de mi transmigración por varios cuerpos. Y fui Apolonio, Euclides, Arquímedes y tantos otros personajes conocidos e ignorados.

En otros tiempos, otros pueblos, otras gentes escucharon de mis labios las innovaciones; entre ellas las probabilidades y la multiplicidad de las combinaciones. Durante los siglos dieciséis y diecisiete tuve dos nombres importantes: Copérnico y Galileo. Miramos más allá del horizonte y los mundos, incluido el nuestro, empezaron a dar vueltas. Más tarde, la gravitación se añadió al movimiento terrestre y a la mecánica de las estrellas.

Decenas de caras se añadieron a mi rostro. Fui incomprendido, tachado de loco, condenado a los fuegos del infierno y negado a satisfacer la curiosidad por conocer el último prodigioso secreto. Y fui Cantor, y con él tuvimos las primeras nociones de la infinidad. Ya en el siglo veinte estuvimos preparados para trabajar con la lógica numérica, la relatividad y la mecánica cuántica.

El camino estuvo y siempre estará sembrado de incertidumbre, duda, desconcierto, desesperación, angustia. En el daremos pasos en falso, vacilando siempre entre las sismatizadas regularidades predecibles y las descabelladas indeterminaciones del azar, entre la razón y el sueño, entre la muerte y la inmortalidad. Pero serán los acertados, como es correcta la debilidad en el hombre. Hombre es la clave. Solamente a través del hombre el universo ha generado conciencia propia. Hombre es la solución. Hombre es igual a Dios.

Ignoro el tiempo transcurrido. Por un minuto se hizo el silencio perfecto en la penumbra. Luego ella puso una mano sobre mi cabeza diciendo:

—No lo entiendes, pero crees, y eso es muy importante. Ve a casa y descansa.

—Todo esto es tan extraño —me atreví a balbucir casi sin palabras. Y como una sonámbula salí de ese lugar. Fuera, respiré profundamente y corrí hasta llegar sudorosa a la mía.

No pude probar bocado durante la cena y por más que mamá preguntaba, no pude confiarle lo ocurrido. Recuerdo que esa noche soñé con números, figuras y miles de rostros que se mezclaban en un laberinto monstruoso. Por varios días estuve enferma, confundida y delirante. Mamá tuvo que llevarme al hospital asustada de mis cambios de ánimo repentinos, lágrimas y risas acompañadas por gritos de terror o calma absoluta.

Solo cuando mis amigas llegaron a visitarme pude contarles lo sucedido. Ellas llegaron a convencerme de que mi admiración por la maestra me había llevado a mal interpretar sus palabras, y a imaginar una locura.

Semanas más tarde, después de haber regresado al colegio, la administración nos comunicó que la maestra Soria había muerto y sus restos llevados, por sus parientes, a Estados Unidos.

La noticia me dejó perpleja.
—No puede ser —repetía incrédula.

—No te pongas así —me confortaba Tere—. No pienses más en ella, la maestra era solamente una chiflada que se creía inmortal.

Me prometí nunca más pensar en ella. Fue imposible, creía en sus palabras y ella sería inmortal en mi memoria. Además, siempre la recordaría viva, ya que nunca ví su cuerpo sin vida.

Con el tiempo mis amigas olvidaron lo sucedido. Y cuando yo recordaba a la Soria, sencillamente me llevaban la cuerda.

Algunas veces he pensado que todo fue un sueño, y que como aseguraban mis amigas estaba tan chiflada como la bruja. Sin embargo, al terminar la secundaria abandoné mi ciudad y llegué a Norteamérica, con el íntimo deseo de algún día encontrarla. Y en mi afán descabellado e irrazonable por conocer la secreta clave de la humanidad, me dediqué al estudio de las matemáticas.

Cuando concluí de leer el artículo caí en cuenta que no traía firma. Llamé a las oficinas de la revista para conocer el nombre del autor.

Me respondieron que el artículo era una colaboración anónima.

No importaba quién lo había escrito: Conway, Kruskal, Chaitin, matemáticos americanos dedicados al desarrollo de la técnica que produce números nunca imaginados, o, un incógnito profesor de matemáticas en un pueblo desconocido. Lo importante era que ella me dejaba saber que continuaba su labor y que la ecuación existía.

EL EFECTO MOBIUS

Si la muerte fuera un bien, los dioses no serían inmortales.

SAFO

Cuando llegué a la ciudad, mi hermano Juan Magno y su esposa Celinda me invitaron a alojarme en la casa.

Es tuya también, aseguraron. Y fue así como acepté con mucho gusto compartir con ellos después de estar varios años ausente del país. Fue placentero visitar la casa, la que vio nacer y crecer a varias generaciones de mi familia y cuyas paredes guardaban secretos y recuerdos de más de un siglo.

Fui acogido con alegría y cariño, y sentí como si los años transcurridos se borraran y nos hubiésemos visto ayer.

Juan Magno es un par de años mayor que yo, pero lo encontré tan avejentado que supuse alguna enfermedad o alguna tragedia. Su boca sonreía, pero sus ojos hablaban de melancolía y dolor. Consideré imprudente y prematuro preguntarle. Con seguridad conocería la causa con el transcurrir de los días.

Mientras recorríamos la casa, mi hermano me puso al corriente de lo sucedido durante los últimos veinte y cinco años. Su matrimonio con Celinda, la novia de la escuela, a quien conocí en esa época; el nacimiento de Carlos, su hijo mayor, ahora a punto de graduarse de la universidad; y dos años más tarde el de Angela María. En este punto de la conversación, su voz se quebró y no dijo más. Intuí que ella era el motivo de su tristeza.

La casa se mantenía en buenas condiciones. Con arreglos, reparaciones y nuevas instalaciones, lucía como nueva. La sala de estar como siempre estaba llena de fotografías de la familia. En un extremo, la colección maravillosa donde todas las mujeres visten el mismo traje de encaje blanco, y usan la misma pulsera de esmeraldas y turquesas engarzadas en oro. Esta joya estuvo en la familia, como un legado romántico y poético transmitido por generaciones. El tatarabuelo Cosme la obsequió a su amada el día de sus bodas, y desde entonces, cada primogénito continuó el ritual a través de los años; hasta que ésta se perdió, el día que abuela Dolores pereció en el naufragio.

En el centro, la fotografía de nuestros padres ocupaba un espacio especial, y por todos los lados nuevas caras se habían añadido a la colección.

—Éstos son mis dos hijos —dijo, y señalando a la joven anunció—. Esta es Angela María.

—¡Es hermosa! —exclamé impresionado ante su belleza, su lánguida mirada y su enigmática sonrisa.

Celinda nos trajo unas bebidas y, los tres, nos sentamos a platicar, recordando los viejos tiempos.

Al regresar de la Universidad, Carlos se unió al grupo.

—Con ese pelo largo, se parece mucho a ti cuando tenías su edad —comenté al comprobar el parecido de Carlos con mi hermano.

—Y como todos en la familia, mi hijo...— dijo Juan Magno burlonamente aludiéndome —también es un soñador y un loco.

Riendo los comentarios, Carlos quiso saber acerca de mis impresiones y opiniones sobre los cambios en el país, también qué tiempo me quedaría con ellos. Luego, como con descuido, preguntó: *¿Has visto a mi hermana?*

Celinda anunció que la cena estaba servida y pasamos al comedor.

Con los años de ausencia, había olvidado que la poltrona de esterilla en el cuarto de estar pertenecía al abuelo Aurelio. Iba a sentarme en ella, cuando mi hermano me advirtió:
—No uses la silla del abuelo, recuerda que se enoja.

Mas tarde vi la silla mecerse sola.

Mi estadía en la casa fue una aventura. Disfruté de la compañía de todos: los de presencia física y también los de presencia espiritual, recordados a cada momento por mi nostálgica familia. Al igual que ellos creo que nuestros seres queridos nunca se van del todo, pero no al extremo de incluirlos en la conversación y hacer de cuenta que viven en la casa.

No sé por qué me inquietaron los menudos pasos en el cuarto encima del mío. No entiendo por qué me causaron escalofrío. Me enteré de que ése era el Angela María.

A las ocho de la noche, como era costumbre, en el viejo piano, *Für Elise* y *Moonlight Sonata*, se dejaron escuchar amenizando nuestras tertulias, igual que cuando éramos niños y nuestra hermana Adriana, ya desaparecida, practicaba sus lecciones. Con el tiempo me he insensibilizado o quizás me he vuelto materialista, pero no puedo creer en aparecidos, penaciones, ni cosa por el estilo. Pretendí ignorar la música y fingí que todo estaba correcto. Pero esa noche cuando fui a la cocina por un vaso de agua, y una vela flotante guio mi camino en el obscuro corredor, supe que algo extraño ocurría en la casa. Sin embargo, sorprendido y con los pelos de punta, agradecí el gesto. Seguí mi camino ansiando llegar a mi cuarto lo más pronto posible mientras los pasos de mi protector se perdían en el silencio.

Fue durante la tercera semana, que Juan Magno, finalmente, me invitara a visitar la habitación de Angela María; ya cuando mi curiosidad colmaba el límite de la prudencia.

Había llegado a imaginar que la mantendría allí recluida, quizás debido a alguna tara física o mental. Muchas veces estuve tentado de subir a su dormitorio y ayudarla, o, rescatarla. Para mi asombro, el cuarto de Angela María no tenía cerradura. Aunque pequeño era acogedor y decorado con colores alegres. En la habitación, se palpaba la presencia de la joven. La cama estaba tendida y flores recién cortadas adornaban la habitación. Las cortinas corridas permitían entrar la luz del sol y dejaban ver los árboles meciéndose con la brisa. Sobre el tocador había afeites y perfumes a medio usar, un joyero abierto y varias fotografías de la joven. Yo me dediqué a observarlo todo con mucha atención sin todavía comprender el misterio en torno de la muchacha y de mi familia.

Juan Magno abrió las gavetas de un escritorio y regó sobre la cama, notas de un diario y varios dibujos trazados en dos o tres dimensiones, similares entre sí.

Unos representaban pájaros, otros flores, árboles, relojes, brújulas, sustancias líquidas, pero todos aludían a un mismo tema.

—Dibujos del artista holandés Escher —comenté, sin saber que decir.

—Son bastante parecidos —dijo mi hermano, corrigiendo mi error—. Son de Angela María, los repetía tratando de encontrar en la paradoja que encierran alguna conexión.

Escogió uno en particular y con el índice me mostró el camino de un ave.

—En cada etapa, su comportamiento parece normal —me dijo— pero al final descubres que siempre está en el punto de partida. En otras palabras, el enlazado total es un imposible, a pesar de que a cada paso alrededor del diagrama no hay nada equivocado.

—Parecen una locura, son como ideas imposibles puestas sobre una superficie —exclamé con sorpresa y admiración.

Juan Magno me llevó hasta una vitrina empotrada en la pared. Como un tonto, con la boca abierta, miré la pulsera sobre una tela de terciopelo negro. Estaba torcida, mohosa, pero era la misma.

—Pero —balbucí desconcertado—. La pulsera se perdió junto con abuela Dolores en el naufragio.

—Eso creímos —dijo mi hermano tomando una banda de papel entre sus manos, a la que dio un giro enlazando las dos puntas.

—La historia de mi hija es igualmente extraña y dolorosa —dijo y continuó pesaroso—. Eduqué a mis hijos tal como nuestros padres nos educaron a nosotros, orgullosos de nuestros antepasados y de nuestra manera de ser. Desde niña, Angela María decía comunicarse con los fantasmas.

—¿Cómo explicas lo de la joya?— lo interrumpí ansioso.

—A eso voy —dijo, mientras, en sus manos, continuaba dando vueltas a la tira enlazada.

—Mírala —dijo entregándomela—. Preguntarás cuál es la relación entre lo sucedido y la banda. Obsérvala, parece tener frente y reverso, pero si sigues la trayectoria de la línea alrededor, podrás comprobar que es similar a la del ave, y notarás que sólo tiene una dimensión.

No supe lo que pretendía. Tomé la banda para convencerme y comprobé que tenía un solo lado, y no dos como aprecié a primera vista.

—Es así como Angela María explica el sueño y la muerte —dijo mostrándome algunas notas en el diario.

Curioso tomé el diario y leí la línea señalada: *Soñar y morir, dos fenómenos temporales de diferente duración ocurriendo en el mismo lapso que es la vida.*

—En sueños, Angela María, aseguraba ver a la abuela Dolores atrapada en un fragmento de la banda, en átomos, moviéndose en un espacio misterioso hasta donde ella decía poder llegar y rescatarla.

—Eso no puede ser.

—Mientras dormía la vigilábamos, temiendo por su vida. Mi pobre hija sudaba copiosamente, hablaba agitada y decía cosas increíbles. A veces, cerca de ella, escuchábamos sonidos como de vidrios rotos.

Juan Magno me extendió otras páginas donde leí anotaciones como estas: *Un limbo, donde tiempo y espacio son reales. Sabemos que estamos presentes en el sueño y además nos vemos en él actuando, de manera que coincidimos paradójicamente y al mismo tiempo nos duplica. El observador está dentro y fuera de sí mismo. Por medio de un mecanismo sensorial podemos controlar ese mundo inconsciente y romper los cristales infidimensionales y móviles que rodean el sueño. Después de todo, lo que no es imposible, es probable.*

En esas anotaciones, página tras página, Angela María, narraba un sueño que se repetía con exactitud noche tras noche: *Desde lejos me veo caminar por la playa, entro al agua a sabiendas que puedo quedar atrapada en ellas. Miro el cielo, nunca lo vi tan densamente negro. Me muevo entre sombras a pesar de que la luna semeja una enorme bola de fuego. El espectáculo es monstruoso y el terror hiela mi sangre. De entre un sin fin de capas brumosas sale una embarcación que pasa cerca, se mueve lentamente, a velocidad uniforme. Todo se sucede como en cámara lenta. Alguien grita. Es abuela Dolores que me lanza un objeto mohoso, enlodado y roto. Lo atrapo, lo ajusto a mi muñeca. Una de las aristas me corta una vena. El agua se comienza a tornar roja y pegajosa, densa, espesa, hasta el punto de restarme movimiento. Pierdo conciencia, pero estoy en la orilla, la arena suave y ligera comienza a tragarme.*

—Cuando despertaba se quejaba de dolores intensos y pedía despertar, haciendo de la vigilia una continuación del sueño. Tratamos de pedir ayuda profesional, pero, ya sabes, ellos no entienden estas cosas inexplicables del ser humano y catalogaron a mi hija de histérica. Decidimos entonces sobrellevar la experiencia en silencio.

—¿Dónde está Angela María? —pregunté conmovido, apenado, compartiendo plenamente la angustia del padre.

—Una noche, mientras mi hija soñaba, de pronto, perdió la respiración y todo el cuerpo se le cubrió de arena. Tratamos de rescatarla, de retenerla. El hermano la haló de un brazo y vimos sangre manarle de la muñeca donde tenía puesta la pulsera.

—No digas más —dije observando el sufrimiento que esto le causaba, pero aun así, mi hermano continuó con el relato.

—Lloramos su muerte, o lo que creímos era su muerte. Dos días más tarde, cuando nos preparábamos a llevarla al camposanto, su cuerpo desapareció. Carlos la encontró en la sala mirando los retratos. Hermano, te lo aseguro, así como ella explica el sueño donde estamos dentro y fuera de manera que coincidimos paradójicamente, así mismo Angela María está muerta y sigue viva. Su presencia es diferente a la de los otros fantasmas, es tangible, vibrante.

Lo miré y en mi mente pude recrear el relato: la noche oscura, el mar, la luna como fuego. Angela María con vida.

—Pero ¿dónde está ella ahora?

—No lo sé, ninguno de nosotros lo sabe. Solamente ella comprende ese laberinto dimensional o sensorial donde los hombres comunes no logramos penetrar y lo atraviesa a voluntad. Hay días que la vemos, otros no sabemos dónde va. Desaparece en el aire frente a nuestros ojos.

—¡Por favor!— exclamé desesperado, mesándome los cabellos.

—Así es, Angela María camina por la casa como lo hacemos tú y yo. Supongo que ella también nos ve, pero es como si una pared invisible nos separara, impidiéndonos coincidir en el mismo espacio, o quizás, en el mismo tiempo.

Estuve dos semanas más con ellos. Nunca vi a Angela María, aunque seguí escuchando sus pasos ya no solo en su cuarto sino en toda la casa. Todos en la familia se referían a Angela María con naturalidad. El hermano más de una vez preguntó por ella y un día fue a su dormitorio llevando flores y chocolates.

Penosamente llegó el momento de mi partida. Nos despedimos con la habitual tristeza de las despedidas. Les prometí que volvería pronto.

Me alejé en el vehículo hacia la terminal, me volví y miré una última vez la querida casa. En la puerta estaban Juan Magno, Celinda y

Carlos que me decían adiós agitando las manos, mientras arriba, en la ventana de su cuarto, Angela María sonreía enigmáticamente.

INCERTIDUMBRE

...En la encrucijada de la opción, yo mismo
en el resto de la realidad que ignoro
me estoy esperando inútilmente.
JULIO CORTÁZAR

Es increíble el poder del tiempo. A pesar de su falsa impresión de realidad, ha borrado el rostro de David de mi memoria; no logro precisarlo. Quizás tengan razón los demás y él y esos mundos fantasmas de los que hablaba, fueron igualmente el producto de una etapa de esquizofrenia.

Mi hijo David no salió de su estudio desde la noche anterior. La puerta estaba cerrada por dentro y por más que apretaba el oído a la madera, no percibí el más leve sonido. Al punto del horror después de no recibir contestación a mis gritos y golpes desesperados, concluí por telefonear a Mark, mi hijo mayor.

Vivimos en una pequeña pero confortable casa, en medio de árboles y totalmente alejada del ruido de la ciudad. David necesita un ambiente tranquilo donde realizar su trabajo científico. Su tiempo lo dedica a investigaciones y al desarrollo de teorías abstractas. Labores que comparte con Isaac, su mejor amigo y colaborador.

Desde niño fue diferente. Mientras Mark se divertía con sus juguetes, David desarmaba los de él reduciéndolos a partes. Igual destino encaraban relojes, radios, y cualquier pequeño artefacto que llegaba a sus manos; buscando en las mínimas divisiones el porqué de su particular presencia.

Su brillante carrera profesional no sorprendió a nadie. David se desempeñó como profesor de Física Experimental, colaboró en varios programas espaciales, escribió para diversas revistas científicas, su nombre constó en el libro de la Royal Society de Londres; de la cual Isaac Newton fue su primer miembro.

Todo lo abandonó llevado por una horrenda obsesión. Mi hijo teorizaba en posibilidad de una sola fuerza que incorporara en ella todas las fuerzas de la naturaleza: gravedad, electromagnetismo y las dos fuerzas nucleares. Esta teoría sería capaz de explicar el comportamiento y estructura de la materia, permitiría escribir una fórmula comprensible que describiera los secretos de la naturaleza, del universo, de la inmortalidad. Según explicó, en esta fórmula única se combinaban los conceptos de masa, energía, tiempo, espacio, y conciencia. Intercalando así un factor ignorado por la física: la mente humana.

Todo el tiempo hablaba de lo mismo. Pobre hijo mío, parecía un loco. Su hermano lo convenció para que fuera de viaje y olvidara el asunto por un momento. Así lo hizo, y cuando regresó estaba más obsesionado y desquiciado que nunca. Aseguró haber estado al otro lado del planeta sin nunca abandonar su estudio. Muchas veces dijo enajenado: *Sé que en este momento estoy aquí, pero sé que también estoy en otros lados.*

Entonces se fijó la tarea de definir ese fenómeno, la simultaneidad de un evento ocurriendo en dos lugares o más al mismo tiempo.

Meses previos a su desaparición. Salió de su estudio dando gritos que me pusieron los pelos de punta. Fuera de sí, repitió el mismo concepto mil veces: *Lo que nos rodea existe porque nuestra mente lo percibe y selecciona, decidimos que esté presente en nuestro universo. Lo otro se desvanece en múltiples mundos paralelos.*

Desde entonces se encerró por completo en su estudio. Yo entraba a llevarle sus alimentos y, de vez en cuando, hacerlo volver al mundo que conocemos como real. En su estudio descubrí el extraño dispositivo eléctrico que comenzó a fabricar. Yo no conocía de estas cosas, pero puedo decir que el aparato era un tipo de condensador. Algo parecido a esa caja recubierta de oro llamada Arca de la Alianza donde en vez de querubines había dos esferas que habrían actuado como terminales positivo y negativo.

Aquí, mis pensamientos se detienen. Finalmente llegó Mark, que sacó la puerta con ayuda de un taladro. La habitación estaba iluminada por la luz de una lámpara de mesa, las cortinas corridas, miles de papeles regados por todo lado, la computadora estaba funcionando y mostraba ecuaciones y gráficos complicados. En una mesita estaba su cena intacta, lo cual demostró que desde el día anterior no había probado alimento alguno. David y aquel extraño aparato habían desaparecido, no se encontraban en parte alguna.

—Mark, tu hermano se ha esfumado —dije sin comprender su desaparición.

—No puede ser, no puede ser —repitió Mark—. David tuvo que salir por algún lado.

Las ventanas estaban selladas y no existía ninguna otra abertura en el cuarto. Mark trató en vano de calmarme, cuando él mismo no comprendía lo sucedido y no encontraba la lógica al asunto. Fue entonces que decidió llamar y pedir ayuda a Isaac.

Un par de horas más tarde llegó el amigo y colega de David. Isaac Davis, profesor de Física y Matemáticas aplicadas, conocedor de las leyes que gobiernan el mundo que nos rodea. Él nos confirmó que trabajaban en el desarrollo de una fórmula maestra para el universo. Una fórmula que resolviera un problema quizás metafísico apoyados en la tendencia extravagante de la Física Moderna, no divulgada, ni aceptada ampliamente. La misma trataba de la interpretación de la duda que produce varios universos, donde los seres humanos participamos en copias que cubren todas las posibilidades.

Isaac se comprometió a examinar el último trabajo de David, aún no conocido por él, asegurando que allí se encontraba la clave de la supuesta desaparición del amigo. Isaac se marchó no sin antes prometernos que tan pronto encontrara algo importante nos los haría conocer.

Pasaron tres semanas desde aquel día durante las cuales viví experiencias aterradoras.

Mark llegó a visitarme a diario, evitando así dejarme sola. Un día le comenté del raro aparato en forma de baúl con un par de figuras metálicas en la tapa que David estaba construyendo.

—¿Hablas de la réplica del Arca que compraste en el museo? Mírala, sigue en el escaparate donde la pusiste.

—No. Hablo del dispositivo eléctrico en el que tu hermano estaba trabajando. ¿Es que no te importa la desaparición de tu hermano David? Su respuesta fue increíble.

—Necesitas ver al médico lo antes posible. Mañana mismo te enviaré una persona para que te acompañe y cuide —añadió con toda seguridad—. Madre, sabes muy bien que soy hijo único. Nunca tuve hermanos.

—Mark, tú mismo sacaste la puerta de su cuarto. No vas a negar que llamaste a Isaac.

—¿De qué Isaac hablas? ¿Y la puerta? Si, la saqué porque la habías dejado cerrada por dentro y necesitabas tus espejuelos olvidados en esa habitación.

—No bromees. ¿Qué te propones jugando así con mis sentimientos? —dije sin comprender—. ¿Es acaso que das por muerto a David?

Mark movió la cabeza con pesar y no me contradijo.

Al día siguiente llegó la enfermera prometida. Más tarde llegó un médico, que hizo mil y una preguntas extrañas que no venían al caso. *¿Está tomando sus medicinas tal como fueron indicadas? ¿Ha tenido problemas para dormir? ¿Se le nubla la vista? ¿Tiene dolores de cabeza? ¿Mareos? ¿Siente tristeza, ganas de llorar?*

Isaac verificaría mi estabilidad mental, ya que el resto ponía en duda; no solo mis palabras, pero la existencia de mi hijo. Telefoneé al departamento de Física, en la universidad donde él es profesor y pedí hablar con el doctor Isaac Davis.

—Usted comete un error —me contestó fríamente la secretaria—. Esa persona que usted menciona no es profesor aquí, nunca he escuchado su nombre.

Confundida colgué el auricular y tambaleando llegué al estudio de David. Necesitaba cerciorarme que allí estaban sus cosas, sus libros, sus diplomas, su trabajo, las huellas de su presencia. Después de comprobar que esa habitación era una simple sala de costura, ya no supe qué creer, qué pensar.

NEBLINA

*Pensé en los días que me dediqué a la bebida,
las noches que no recuerdo, las mañanas que no pude
levantarme, todo el tiempo que me lo pasé corriendo de mí
mismo.*
MITCH ALBOM

*Porque ningún escondite en el mundo
puede ocultar lo que hay en tu cara.*
GREGORY MAGUIRE

Acérquese amigo, no tenga apuro. A estas horas no va a encontrar un lugar donde sentarse en este maldito bar. Si lo desea puede compartir conmigo esta mesa y esta botella. ¿Acepta?

¿Qué acepta con gusto y qué no tiene prisa? Qué bueno porque hace mucho que yo deje de tenerla, no tengo dónde ir, ya nadie me espera. Soy un viejo solitario que se pasa las noches en este bar. No, no me mire así, no me confunda, no vaya a creer usted que me gusta el licor. Lo que pasa es que tengo miedo de quedarme a solas. Entre estas paredes y rodeado por estos infelices me siento protegido. Aquí estoy a salvo.

Amigo mío no se mofe de mí. ¿Tal parece que usted no conociera de lo peligroso que es caminar a solas y sobre todo en la oscuridad? Quién sabe qué cosa nos acecha allá fuera protegido por la niebla. Bueno, dejémonos de pamplinadas y permítame servirle una copa.

Está muy fría la noche y aquí dentro se está a gusto. ¿Verdad? Mirándolo de cerca, su cara y su sonrisa me parecen familiares. Yo lo he visto antes. Bueno, quizás usted tenga razón y ésta sea la primera vez que nos veamos. La verdad es que con la poca iluminación que hay en este lugar todos los que llegamos aquí nos parecemos un poco. Ahora déjeme adivinar. Su vestimenta es barata y de poca calidad, pero su mirada es inteligente y sus manos, a pesar de estar descuidadas, son firmes y toma el vaso con precisión siendo ésta la quinta copa. No me diga, usted fue un profesional, quizás un médico. No hable si no quiere, pero usted llegó hasta aquí buscando el olvido.

¿Qué cómo sé esas cosas? Amigo todos tenemos algo que queremos olvidar, algo que deseamos enterrar en la memoria para siempre. Cómo si eso fuera así de fácil. ¡Bienaventurados aquellos que pueden, o creen hacerlo, porque felizmente han escapado del infierno!

Cálmese, no me mire con desconfianza. Lo que pasa es que a mis años podemos leer en la cara de los más jóvenes. Una vez yo tuve su edad y conozco de cerca los demonios que lo persiguen y torturan. Tómese otro trago, ya verá que se sentirá mejor. Ahora déjeme contarle mi historia, de mi bestia personal, de la que por un tiempo creí haber escapado.

Hace dos meses, una noche, un fulano se acercó a mi mesa; aquí, en esta misma mesa donde estamos usted y yo, y me dijo: *Quinteros, anoche me topé con un individuo tan parecido a ti que hubiera jurado que eras tú, era tu mismísima copia.*

Al escucharlo me puse a temblar como una vieja con paludismo. En ese momento supe que el tipo aquel había regresado y entendí que esta vez no tendría escapatoria. Desde esa noche tengo miedo, un miedo ridículo que no me permite estar a solas conmigo mismo. Señor, Lena y el pasado resucitaron aquella noche.

Lena fue mi princesa, la única mujer que he amado en la vida y también mi perdición y mi caída. Por tenerla entre mis brazos fui capaz de cualquier locura, no me importaba desafiar a Dios o al diablo que para el caso eran la misma cosa. La llevaba metida en la sangre, la deseaba con todos los sentidos. ¿Quién podía prohibirme que la quisiera para mí? Simplemente éramos un hombre y una mujer. Pero lo nuestro era un imposible, estaba maldito y por eso pasaron las cosas que pasaron.

Lena era alta y delgada pero bien proporcionada. Tenía un par de ojos bellísimos, labios carnosos, pelo negro y abundante. No era nada fea, aunque actuaba como si lo fuera. Lena vestía sin gracia tratando a toda costa de pasar inadvertida. No sé si era mezquindad de mi parte, o celos, pero me complacía que fuera así para que ningún otro hombre se sintiera atraído por ella y fuera mía, solo mía.

En las vecindades del Puerto, ella vivía con su padre que trabajaba en los muelles después de haber sido un médico con un futuro prometedor. Problemas de apuestas y negocios sucios lo habían enemistado con un alto funcionario del gobierno, que por venganza personal, lo acuso de mala práctica logrando que se le revocara la licencia. Fue así como vino a parar a este mundo de ratas, arrastrando consigo a la mujer y a la hija. La mujer del doctorcito y madre de Lena no pudo aguantar por mucho tiempo la miseria y se mandó a cambiar con otro tipo abandonándolos así, uno a merced del otro.

Aquellos que los conocían sentían lástima por la muchachita. El padre la tenía prácticamente secuestrada. Con el tiempo el tipo se dedicó a la bebida volviéndose una bestia. Cada vez que se emborrachaba armaba pleito con todo el mundo, en un desesperado intento de apaciguar a golpes su resentimiento y fracaso. En ocasiones tenía alucinaciones, según él, monstruos que lo perseguían o algo semejante, y corría vociferando por los muelles como un endemoniado con los ojos desorbitados y echando espuma por la boca. Nadie pudo ver nunca quién lo perseguía, pero lo cierto es que el desgraciado aparecía lleno de moretones.

Pobre Lena, muchas veces pienso que era un engendro del diablo al igual que su padre. ¡Qué importaba eso si yo la amaba! Creo que la verdad es que no la amaba. Me gustaría explicarle los sentimientos confusos que experimentaba al pensar en mi relación con Lena. Muchas veces me decía a mí mismo que lo que sentía por ella era natural y nuestra relación me daba la máxima felicidad que un hombre podía disfrutar con otro ser humano. Otras, buscaba el alcohol para olvidar que le estaba haciendo daño. Lo nuestro sucedió espontáneamente. Sin darnos cuenta nuestros cuerpos se buscaban de forma intuitiva, nunca tuvimos que decir una palabra para comprender que nos necesitábamos uno al otro. Mis manos recorrían su rostro y su cuerpo con la misma certeza de pertenencia que palpaba en las de ella. A sus quince años sabía utilizar sus encantos de mujer como una experta.

Como siempre que hacíamos el amor yo salía huyendo, temeroso, mirando de un lado al otro sin comprender de qué o de quién me escondía. Fue en una de esas ocasiones cuando, por primera vez, vi al misterioso individuo. El sol terminaba de ocultarse dejando manchas rojizas regadas en el horizonte. Cerré la puerta del frente de la casa y sentí que alguien me miraba desde el otro lado de la acera. Levanté la vista, y allí estaba el hombre mirando hacia la casa. El paso de un camión no me permitió verle claramente la cara. Cuando pude cruzar la calle, el individuo doblaba la esquina perdiéndose entre los transeúntes.

Recuerdo una noche en particular. Lena había cumplido los dieciséis años. Después de llegar de la escuela y antes de llevarla a cenar, como le había prometido, hicimos el amor como dos locos. Por la ventana entraba el suave resplandor del sol escondiéndose en la tarde. Me levanté para correr la cortina y volver al tibio cuerpo de Lena esperándome en la cama. Frente a casa descubrí al sujeto semioculto tras un sombrero, espiando mis movimientos. Salí a la calle poniéndome la camisa. Horas más tarde regresé sin poder encontrarlo.

El tipo comenzó a perseguirme. Descubrí su mirada entre las sombras. Logró confundirme y empecé a beber cada vez más para controlar mi inseguridad. Lena tuvo miedo y pidió irse lejos, conocer otros lugares, otras gentes. Me molestaron sus palabras y sin conocer las causas me sentí ofendido, engañado. Lleno de rabia, celos y coraje pregunté: *¿es qué no eres feliz conmigo?* Recuerdo que me saqué la correa del pantalón y por primera vez la golpeé lleno de cólera, a gritos le dije: *No necesitas la compañía de nadie, aquí tienes a tu padre.*

Mis palabras la hicieron reaccionar de una manera que nunca había visto. De su boca escapó un alarido de dolor, como si en vez de castigarla físicamente le hubiera asestado un golpe en el alma. Llorando exclamó: *¡Nunca vuelvas a recordármelo!*

Más tarde, después de pedirle perdón y verdaderamente arrepentido, dejé a Lena calmada y descansando. Fui a la cantina. Cuando salí en la madrugada el hombre me esperaba en la puerta del bar mirándome burlonamente. Me quedé paralizado, por primera vez veía su rostro de cerca. Era el mío.

Si mi amigo, no me miré con incredulidad. Ese maldito era yo mismo. El odioso personaje se alejó a pasos rápidos, luego corrió. Saliendo de mi estupor intenté alcanzarlo y no lo logré. Entre carcajadas el fulano se perdió en medio de la noche.

Permítame hacer una pausa y mojar mis labios, siento la boca seca y amarga. Gracias por servirme otra copa.

Entonces el tipo comenzó a agredirme, intentaba acabar conmigo. A la salida del bar me esperaba y muchas veces me dejó sin sentido abandonado en los muelles. Ya puede imaginarse amigo, nadie creyó que era atacado por ese animal que era yo mismo.

Amigo mío, el destino es un juego del diablo, nos pone en sus manos y no podemos soltarnos ¿Usted no cree como yo, que la vida es un pretexto para ser desgraciados? Imagínese, de todas las mujeres del mundo yo estaba loco por ella. Convénzase, la felicidad es una idea, una frase, no existe. Cuando creemos que la hemos conquistado resulta que los hechos nos recuerdan que estamos equivocados.

Discúlpeme amigo, por divagar y darle lata con tanta filosofía barata, eso es algo que nunca he podido evitar. Ahora déjeme contarle en que terminó esto. Lo que pasó fue horrible, mire si se me pone el cuero de gallina al recordarlo.

Aquella tarde me encontraba sobrio y realizando mis labores cotidianas, cuando uno de los capataces vino corriendo y agitado me dijo: *Quinteros, ha pasado una desgracia. Alguien llamó del edificio donde vives, tu hija se mató, Lena se lanzó de cabeza desde la azotea.*

El capataz me llevó en su coche hasta la casa. Cuando llegamos descubrí que en la esquina de casa estaba el tipo aquel, y una odiosa mueca de regocijo bailaba en sus labios.

Todos creyeron que me había vuelto loco o que estaba como de costumbre bajo los efectos del alcohol cuando empecé a gritar como un energúmeno: *¡Yo la maté, yo la empujé! Soy el culpable.*

Lena se había suicidado y murió sin dejarme saber. Estaba embarazada y no quería tener un hijo conmigo. No deseaba un hijo producto de nuestro amor.

Pero hable hombre, no se haga el mudo. Diga algo ¿Por qué no lo dice? si puedo leer el desagrado en su mirada. Todos opinan igual y me desprecian por mi cinismo. Ya lo sé, dirá que todo aquello era asqueroso, que soy un monstruo. No amigo, no me recrimine, si ella fue lo más puro en mi vida. Nos amábamos y el amor no puede ser culpable en ninguna circunstancia.

Por un tiempo estuve interno en un centro de desintoxicación y psiquiatría. Allí prácticamente me obligaron a aceptar que lo mío era una bestialidad y el sujeto que me perseguía un sentimiento reprimido de culpa.

Dije lo que ellos quisieron para complacerlos y más que nada para salir de la celda donde me encerraron. Creían que estaba loco y frente a un espejo que colocaron en el cuarto me hacían repetir: *Ese que veo en el cristal, soy yo. No somos dos, soy únicamente yo y mi reflejo.*

Desde entonces he vivido en diferentes ciudades, he trabajado en distintos puertos, he conocido infinidad de gente, siempre deseoso de enterrar el pasado. Y cuando creí lograrlo, alguien vio entre la muchedumbre a un individuo que llevaba mi rostro.

¿Se retira amigo? De repente siente deseos de salir y respirar aire puro, siente que se asfixia.

¿No tiene usted miedo de los demonios que caminan libres en la obscuridad? Que no continúe diciendo disparates, que esas son historias de un viejo borracho. Está bien amigo, de todas maneras, buena suerte.

¿Usted de vuelta amigo? ¿Olvidó algo? Por su expresión parece que ha visto un fantasma. Usted sí que está borracho, apenas comprendo lo que dice. ¡Qué tengo razón! Qué no hay escapatoria. Qué afuera usted se está esperando.

"PRINCIPIOS DEL CONOCIMIENTO HUMANO"

Si Dios no existiera, sería necesario inventarlo.

VOLTAIRE

Laura y Nora, finalmente, empezaron a estudiar después de chismear por casi toda la tarde. Aclarando la voz, Laura leyó la página asignada.

"Párrafo 3: Todos admitirán que ni nuestros pensamientos ni nuestras pasiones ni las ideas formadas por nuestra imaginación existen sin la mente. No menos claro es para mí que las diversas sensaciones o ideas impresas en los sentidos, de cualquier modo que se combinen, no pueden existir sino en alguna mente que las perciba... Afirmo que esta mesa existe; es decir, la veo y la toco. Si, al haber dejado esta habitación, afirmo lo mismo, sólo quiero manifestar que si yo estuviera aquí la percibiría... Hablar de la existencia absoluta de cosas inanimadas, sin relación al hecho de que, si las perciben o no, es para mí insensato. No es posible que existan fuera de la mente que las perciben".

Laura deja de leer para recriminar a la compañera que parece estar a años luz de distancia.

—¿Nora, me puedes decir en qué mundo te encuentras? De seguro que no has escuchado una sola palabra de lo que leí.

—Tonta, escuché cada sílaba que pronunciabas —contesta Nora enojada—. Lo que sucede es que me puse a pensar que de acuerdo con lo que acabas de leer, nada, pero nada de todo lo que nos rodea, existe. Todo está en la mente de alguien que lo imagina. ¿Te das cuenta? ¿Y entonces qué?

—Entonces que nada. Berkeley así lo afirma. Todo lo que creemos que existe, no existe cuando alguien no lo piensa. Y para poder entender este rompecabezas, mejor déjame seguir leyendo.

Laura y Nora continuaron estudiando y discutiendo hasta que Julia, otra compañera de clases, llamó por teléfono y olvidaron el libro en un rincón del sofá.

Durante todo este tiempo Marisela, hermana menor de Laura, en el otro extremo del salón y tirada sobre la alfombra, escuchaba la discusión de las dos amigas. Rodó sobre el piso y quedó acostada mirando fijamente cada una de las cosas en su entorno. La lámpara, los cuadros, la estantería, los libros. Cerró los ojos y las cosas desaparecieron. Dejaron de existir.

Sin abrir los ojos escuchó las risas de Laura y Nora mientras hablaban en el teléfono. Allí estaban, se las imaginaba, existían mientras pensaba en ellas. Entonces sintió hambre y, mientras pensaba en sus delicias, en su mente aparecieron las imágenes de un sándwich de jamón y una gaseosa cobrando vida en la cocina.

NADA EXISTE FUERA DE LA MENTE QUE LAS PIENSA

Esa noche Marisela daba vueltas y vueltas en la cama sin poder conciliar el sueño. Estaba intranquila y preocupada. Las luces estaban apagadas, la casa estaba en silencio. En la obscuridad trataba de adivinar qué producía los sonidos en la noche. El viento, la sirena de un carro policía, un gato maullando. Por la ventana entraba la luz de la luna. Si, allí estaba la luna y la estrellas y el cielo también. Sintió miedo, todo en su contorno podría desparecer si ella no lo pensaba. Tembló horrorizada. ¿Y si mami no existía? Mami estaba en la otra habitación. Claro, allí la imaginaba, en la otra habitación. Sin embargo, necesitó asegurarse y la llamó a gritos.

—Mami ¿Las cosas feas no existen? —preguntó anhelante.

—Claro que no tontita —dijo la madre, pensando que Marisela tenía miedo imaginando monstruos bajo la cama o cosas parecidas.

—Ahora cierra los ojos y trata de dormir —reconvino amorosamente la madre, y cubriéndola con la cobija salió de la habitación después de darle un beso de buenas noches.

Entonces Marisela pensó en todas las personas y cosas que podía pensar para que existieran, para darles vida en su mente. Y pensó en su mejor amiga Tere y las otras compañeras, la escuela con sus largos corredores, las calles, el parque, los árboles, los bosques, las montañas, el mar, los planetas, el universo entero. ¡Qué todo siguiera presente! Qué nada dejara de existir. Pero era demasiado para su mente. Sentía que la cabeza le iba a explotar.

Entonces se imaginó un ser con una mente infinita, una mente del mismo tamaño de todo lo existente en el universo; una mente capaz de pensar en todas las cosas al mismo tiempo. La idea de Dios brotó en su cerebro, le dio forma, creó un Dios todo-pensante; Dios podía mantener presente todo lo que nos rodeaba. Y finalmente, con una sonrisa serena y despreocupada, se quedó dormida.

REALIDAD APARTE

Fingimos lo que somos, seamos lo que fingimos.
PEDRO CALDERÓN DE LA BARCA

Los dos pilluelos entraron en mi cuarto como un huracán. En cuestión de segundos revolvieron todas mis cosas. Los traviesos no respetaron, incluso, los regalos para la familia que había traído del exterior y que estaban sobre una mesita. Uno de los muchachitos, un pecoso de unos siete años, de pelo corto y rojizo, por cierto, muy parecido a mi hermano Roberto, tomó una cajita de música destinada a mi tía Aura y curioso le dio vueltas hasta que logró darle cuerda. Sorprendido se quedó por un rato escuchando la melodía. El otro más pequeño, un trigueño de ojos grises se la arrebató de las manos y empezaron a pelearse. Me levanté de la cama tratando de calmarlos y de que no rompieran la cajita. Finalmente, sin hacer caso a mis amenazas de sacarlos de las orejas, la echaron por el piso, y salieron correteando y alborotando sin que lograra darles alcance.

Desde mi ventana en el segundo piso de la casa, veía a las muchachas del servicio trabajando en el patio. Colgaban guirnaldas, decoraban las mesas arreglaban las sillas, iban y venían, bajo la severa vigilancia de la abuela y la complacida sonrisa de mamá.

Al día siguiente tendríamos una reunión familiar. Roberto y yo habíamos regresado a casa después de ocho años de estudios en el extranjero, y mamá y abuela nos ofrecían una pequeña celebración para que compartiéramos con el resto de la familia y los amigos. Roberto regresaría en dos meses a España a completar la secundaria, y yo terminaría los estudios en mi pueblo. Había echado de menos a la familia como un desesperado y no estaba dispuesto a alejarme de ella otra vez por nada del mundo.

Con el tiempo había olvidado como eran mis parientes. Abuela, con esos trajes estrambóticos que usaba, parecía un viejo y feo maniquí, o una momia sacada de una película de horror. Pensé que debía sentirse incómoda, más que nada lastimada; el cuello de su traje oscuro se veía tieso de tanto almidón y el camafeo que lo adornaba además de amarillento era horrendo. Abuela llevaba el pelo blanco recogido con una peineta y su cara agria, de pocos amigos, parecía una careta agrietada a causa de los polvos blancos que la cubrían. Toda ella era muy estirada y desagradable. Me pareció increíble que una señora tan antipática fuera mi abuela. Mamá no se quedaba atrás, no comía para no engordar y a pesar de sufrir de desmayos y trembladeras se negaba a probar nada que fueran lechugas y pepinos.

—Holgazanas, apúrense —chillaba mi abuela y luego comentaba con mamá, que además de remilgada era melindrosa y sin carácter—. Te digo hija, la servidumbre está cada vez más difícil, todas estas mujeres son unas igualadas inútiles.

Hasta tarde en la noche escuché el trajinar de las muchachas en la cocina, mezclado con las lejanas risas de los niños y una voz que siseando les ordenaba hacer silencio.

La tarde estuvo bastante caliente, pero esto no impidió que la reunión fuese todo un éxito, según lo mencionó la reseña social del principal diario de la ciudad. Somos una familia que en el pasado contó de una gran fortuna y más que nada, dueña de un apellido ilustre heredado de un prócer de la independencia.

Para mí, la reunión sirvió para confirmar una triste verdad y descubrir que yo guardaba una idea romántica de la familia, que no se ajustaba en nada a la realidad. Mis parientes eran insoportablemente engreídos, pedantes, vanidosos e hipócritas. Toda conversación estaba dirigida a ensalzar el apellido, el rango social y el poder del dinero, que muchos de ellos ni siquiera poseían.

Abuela trataba despóticamente a todo aquel que ella consideraba que no estaba a su nivel.

—Jaime compórtate con clase. No te mezcles con la chusma —me reconvino varias veces al sorprenderme conversando afablemente con la servidumbre.

Mamá encontró abochornante que tratara con tanta familiaridad al hijo de la cocinera, un muchacho de mi edad, agradable y de intereses afines.

—Hijo, no nos hagas pasar vergüenza. Nuestros parientes van a pensar que no aprendiste modales todos estos años en Europa —reprochó severamente.

Y hasta mi hermano Roberto adoptó un comportamiento extraño, pedante, ridículo, maneras que yo no le conocía.

—Hermano, aquí las cosas son diferentes. En nuestro pueblo podemos hacer lo que nos venga en gana. Somos gente bien, de alcurnia, rodeados de pobres infelices muertos de hambre que nos deben respeto. Jaime tienes que aprender a vivir, a actuar de acuerdo con las circunstancias. —Me aconsejó, sin que yo pudiese dar crédito a mis oídos.

Me fue imposible ponerme una careta, sencillamente yo no encajaba en ese mundo y me negué a ser parte de la comedia. Durante la fiesta, decidí jugar un momento con el pecoso y el trigueño que hacían de las suyas tras las macetas. Seguramente no formaban parte de la aristocrática familia ya que los otros niños jugaban en las resbaladeras acondicionadas a un lado del patio, ignorándolos totalmente.

—Creo que este muchacho salió a Aura. Míralo jugando con tierra únicamente para hacernos pasar vergüenza —escuché a la abuela decirle a mamá.

—¡No! —gritó mi madre—. No lo compares con ella.

En ese momento caí en cuenta de que nadie había mencionado a tía Aura y que ella no estaba en la reunión. Si tía Aura, la hermana menor de mamá, estuviese presente, ya estaría jugando con los niños como lo hacía con Roberto y conmigo. Nunca comprendí por qué a mamá le disgustaba que ella compartiera con nosotros. Recuerdo que gritaba angustiada: *Aura no toques a los niños, les vas a hacer daño.*

—¿Dónde está tía Aura? ¿Por qué no ha llegado todavía? —pregunté curioso.

Abuela y mamá me miraron como deseando que yo desapareciera del mapa.

—¿Qué pasa? —pregunté alarmado.

—Aura murió hace varios años —respondió abuela acercándose a mí para que los demás no pudieran escucharla, y titubeando añadió:

—Roberto y tú querían tanto a Aura y por ese motivo no les comunicamos su muerte. No tenía objeto hacerlos sufrir.

El resto de la tarde me mantuve callado. No hice más preguntas, aunque la curiosidad me mataba por conocer del pecoso y el otro niño. La noticia de la muerte de tía Aura me dejó desconsolado, triste y deseoso de estar a solas. Finalmente, alrededor de las diez de la noche, terminó la reunión y pude retirarme a mi cuarto. Tomé la cajita de música y rabioso contra la injusticia de la vida, la eché a la basura.

Decidí regresar a Europa con Roberto. Mi hermano estuvo feliz con mi decisión. Para mi sorpresa, mamá y abuela estuvieron de acuerdo. Consideraron que en cuatro años más yo adquiriría madurez y me comportaría como lo exigía nuestro abolengo. Ellas no comprendían como Roberto siendo solamente un año mayor que yo, era tan equilibrado y juicioso.

Esperaba con ansiedad el momento de partir, ya nada me retenía en esta casa aunque si me intrigaba la presencia de los dos pequeños. A Celia, la más antigua de las empleadas y de total confianza para la familia, le pregunté sobre ellos. Ella me dijo que los vecinos próximos a nuestra casa tenían niños y seguramente éstos saltaban la valla para venir a hacer diabluras en la nuestra. Sin embargo, esta explicación no me convenció totalmente. Varias veces escuché sus griteríos y risas llegando desde el mirador, mejor dicho desde los altillos en los altos de la casa; aunque era imposible, porque la puerta que daba acceso a las escaleras que llevaba a los altos estaba cerrada con un pesado candado.

Una mañana, exactamente una semana antes de que Roberto y yo partiéramos a Europa, me levanté más temprano que de costumbre. Descubrí a la vieja Celia llevando una bandeja con alimentos, abrir el candado en la puerta que llevaba al mirador, entrar y más tarde salir con un cesto de ropa seguramente para lavarla. Por dos días seguidos la estuve espiando y la vi repetir la misma rutina. Así me convencí de que alguien vivía en los altillos. Con amenazas hice hablar a Celia. La pobre vieja me confesó que era tía Aura, la loca, que por años estaba encerrada en el lugar para que no lastimara a nadie.

Con lágrimas en los arrugados ojos me dijo: *Joven Jaime, cuando usted y el niño Roberto se fueron, ella se puso muy malita. Gritaba de tal forma que daba miedo y atacaba a quien se le acercara. No había forma de controlarla. Gracias al cielo, con el tiempo se fue aliviando y lo único que hace ahora es ponerse un dedo en los labios y hacer el sss del silencio.*

Enfurecido fui en busca de abuela y mamá. Les eché en cara su cochinada.

—¿Cómo pudieron hacer algo tan sucio? Encerrar a la pobre tía como si fuera una apestada—. Esta acción ya rebosaba los límites de la cobardía, la crueldad y la injusticia. Mamá se echó a llorar, pero abuela me enfrentó airadamente:

—Contéstame Jaime ¿Qué podíamos hacer en un caso como éste? ¿Gritarlo a los cuatro vientos y que toda la gente se riera de nosotros? Somos una familia respetable. Aura es la vergüenza de nuestro intachable apellido. Siempre estuvo loca y luego se remató. No tuvimos más alternativas que encerrarla. Es mejor que todos crean que está muerta y no loca. Y por favor —añadió bajando la voz—. Qué tu hermano nunca se entere de nuestra deshonra.

No podía creer las acusaciones de abuela. Recordaba la dulce voz y la ternura con que tía Aura nos contaba historias increíbles y hermosas. Tía Aura era jovencita, tendría unos catorce o quince años cuando nos enviaron a Europa, pero parecía de menos edad. Jugaba con nosotros como si fuera otro niño y celebraba y reía todo lo que Jaime y yo hacíamos. Necesitaba verla, abrazarla y pedirle que me contara otra vez sus historias. Amenazándolas con decirle a Roberto de su infamia, pedí que me llevaran con ella.

Abuela tomó las llaves de las manos de Celia y subimos al altillo los cuatro. Mamá iba temblando, me abrazó fuertemente antes de llegar a la puerta y dijo: *Hijo, perdóname, tú no sabes el terror que me daba cuando ustedes eran niños y se les acercaba. Les podía hacer daño. Tú no lo sabes, Aura era peligrosa.*

Abuela abrió la puerta. En ese momento, tía Aura jugaba con el pecoso pelirrojo y el trigueño. Me sorprendió descubrir la presencia de los pequeños en el mirador.

—¿Y por qué encerraron a los niños también? —pregunté a abuela.

Abuela, mamá y Celia me miraron extrañadas.

—¿Qué niños? —exclamaron al unísono.

Tía Aura levantó la mirada al reconocer las voces de abuela y mamá y gritó horrorizada al verlas.

—¡No me los quiten otra vez! —luego rodeando a los pequeños con un brazo, puso un dedo sobre los labios ordenándoles— sss, Roberto, Jaime, cállense, que ellas no se enteren que ustedes están aquí.

UN DÍA CUALQUIERA

Más triste que la muerte es la manera de morir.
MARCIAL

Se levantó al rayar el día siguiendo una costumbre de años. Refregándose los ojos y bostezando, llegó al cuarto de baño. Orinó con placer sintiendo el chorro caliente golpear las paredes del inodoro, después abrió el grifo y se echó agua en la cara.

Se miró al espejo por el puro doloroso placer de comprobar que seguía presente. Abrió la boca y sacó la lengua todo lo que pudo. Desde el cristal, el mismo rostro observó sus movimientos como todos los días desde que tuvo uso de razón. Con un dedo de la mano derecha recorrió las arrugas surcándole los labios y la imagen en el cristal copió los gestos usando la mano izquierda. Por varios minutos se concentró en ejecutar el ritual diario para cerciorarse de que era la misma persona de ayer. Siguió haciendo morisquetas que la figura repetía y sin dejar de observarse en el espejo, apretó la pasta sobre el cepillo y entre gárgaras y buches de agua se lavó los dientes. Sin prisas fue deshaciéndose del pijama, abrió el grifo del agua en la bañera, entró a la ducha, y como todos los días tarareó la misma melodía: Las hojas muertas; mientras, lentamente, se enjabonaba el cuerpo. Salió de la bañera frotándose con la toalla y al desnudo, como estaba, volvió a mirarse con pesar al espejo. Cerró los ojos para no volver a verse y, rápidamente, se vistió. Con el pelo húmedo salió del cuarto de baño.

Fue a la cocina y se preparó un café bien cargado. Lo tomó a sorbos lentos mientras hojeaba las páginas del diario que recogió en la puerta. Murmurando: *Todos los días las mismas cochinadas*, echó el periódico al cesto de la basura junto con la lata de café que estaba vacía. Lavó la taza y la cuchara y a las ocho menos cuarto salió a la calle.

Subió al quinto vagón del tren para dirigirse a su trabajo. Como era ya costumbre, en el vagón viajaba una piltrafa humana confundiéndose con todo el desperdicio que llevaba en bolsas de basura. Junto a varios pasajeros corrió al siguiente vagón huyendo del olor a mierda que despedía el desgraciado. Bajó en la última parada del tren. Caminó dos bloques y entró a uno de los rascacielos gemelos en el World Trade Center.

En compañía de un grupo de oficinistas penetró en el elevador y subió hasta el piso 77. Marcó la tarjeta que señalaba la hora de entrada y se perdió entre un laberinto de cubículos. Entró en uno y se sentó frente a una computadora. A la una de la tarde dio unas cuantas mordidas al sándwich de jamón y queso, sorbió la Coca-Cola que trajo un muchacho del restaurante de la esquina y después de media hora volvió a sentarse tras el monitor por el resto de la tarde.

A las cinco, hizo el viaje de regreso a su hogar, como si caminara hacia atrás recogiendo los pasos. Se detuvo en el pequeño parque a dos bloques de la casa y, como todos los días, se sentó por una media hora en el mismo banco. Miró a los niños jugando en los columpios, a los viejos: unos dormitando, otros recogiendo latas y botellas vacías; a las palomas comiendo sobras del piso.

Caminó hasta el edificio de apartamentos donde vivía. En la esquina, le dijo *hello* al vecino que, con un periódico, recogía la caca del perro para luego echarla a la basura. Subió las escaleras hasta el tercer piso en vez de esperar por el elevador y así hacer algún ejercicio. Ya en casa, cambió sus ropas por otras más cómodas, y luego fue hasta la cocina. Allí sacó algunas latas de comida de la alacena, calentó algo en la estufa, sirvió todo en un plato. Fue hasta la pequeña salita, se acomodó en el gastado sillón de forro azul y con el aparato de control remoto puso el televisor a funcionar. Mientras comía estuvo mirando sin mirar, las mismas porquerías que, durante el desayuno, había leído en el periódico.

A las diez regresó a la cocina y lavó los tereques sucios. Fue al cuarto de baño a lavarse los dientes y salió despidiéndose de la figura en el espejo. Se dirigió al dormitorio y sentándose frente a la pequeña mesa que servía de escritorio, abrió un diario donde apuntaba las ocurrencias diarias durante los últimos años. Usando un lápiz escribió: *enero 2*. Por un momento se detuvo como si estuviera reflexionando y luego apuntó: *Un día como cualquiera*. Volteó las páginas del diario para leer las otras páginas donde, en cada una, había escrito lo mismo: *Un día como cualquiera*.

Finalmente abrió la gaveta y sacó un bulto envuelto en un paño de terciopelo negro. Con cuidado lo desenvolvió, acarició el cuerpo metálico con morboso deleite y sosteniéndolo por la culata se metió el cañón en la boca.

EL MILAGRO

No basta con arrepentirse del mal que se ha causado,
Sino también del bien que se ha dejado de hacer.

JOSEPH SANIAL-DUBAY

La sirvienta se retira inclinando la cabeza después de haber servido las bebidas en la glorieta, cerca del estanque, donde la vieja señorita Green descansa por un par de horas cada día. Allí recibe la visita del reverendo Jones cada jueves en la tarde. El agrio carácter, la poca piedad y el demasiado orgullo que posee han espantado a parientes y amigos. El reverendo es la única persona que la visita durante los últimos cinco años y al único a quien ella recibe, no precisamente porque requiera de los consejos y servicios del religioso sino porque necesita alguien con la paciencia del bondadoso hombre para escucharla. Además, disfruta llevándole la contraria al pobre hombre.

—¿Cree usted en los milagros señorita Green?

—Por favor reverendo, por algo me hice vieja. Esas babosadas solamente las creen los ignorantes, gente fanática como mis sirvientas sin ninguna educación. ¿De qué nos benefician imágenes lloronas y vírgenes de palo sangrando?

—¿Y entonces qué me dice de los milagros mencionados en La Biblia? —pregunta el reverendo, que interiormente guarda la esperanza de algún día convertirla.

—Aclaremos esto reverendo —dice la anciana triunfante viendo que ha logrado desconcertar al religioso—. Primero ¿Qué razones tenemos para creer en cuentos escritos hace siglos por un grupo de hebreos supersticiosos intentando meternos sus doctrinas por las narices? Y segundo ¿qué milagros?

—Caminar sobre las aguas.

—¡Levitación! ¿Es qué no ha visto piedras levantarse por falta de gravedad o por atracción magnética?

—No me va a negar que resucitar a un muerto es el más grande de los milagros —dice el hombre con cara de santo.

—¿Y los casos de catalepsia o comatosos? Reverendo, yo creo que ya es hora de re-de-fi-nir lo que es un milagro.

La señorita Eleonor Green es una insolente vieja solterona de ralo pelo descolorido, arreglado con tal exceso de laca que ni un huracán lograría despeinarlo. Los dientes de la vieja hacen juego con el pelo por lo amarillentos y escasos, la cara parece un mapa donde se han trazado hasta los más recónditos caminos, la papada y el arrugado cuello parecen los de un pavo, los ojillos se le han reducido en tamaño hasta semejar los de una rata. Cuando habla es para renegar contra los que no son como ella y como ya no le queda nadie más a quien humillar, ofende a las mujeres que sirven en su casa. *Si no les gusta hacer su trabajo, lárguense miserables. Deben estar contentas de que por mí tienen el pan para llevarse a la boca*, las enrostra sin piedad consciente de que por necesidad las domésticas no se atreven a responderle.

Al año son muchas las empleadas que están a su servicio. Duran poco, los insultos, las groserías, los comentarios racistas, y malos modos de la vieja corren a las muchachas. Todas han salido de la casa odiándola, hablando horrores de la anciana y recomendándola a Satanás. Alguna comentó que la vieja tenía pacto con el diablo porque sigue muy campante a pesar de que miles de veces le deseó la muerte, y hasta llegó a mezclarle alguna hierba mala en la comida. Otra dijo que la vieja debía ser una momia viviente porque un día, mientras aseaba el mohoso y obscuro dormitorio, curioseó entre unos papeles en el baúl bajo la cama y descubrió que tenía más de los ochenta que admite tener.

Algo de tenerse en cuenta es que siempre la servidumbre es de piel clara, no importa que sean de origen latino u oriental.

—Me dan asco los negros. Le confieso reverendo, si alguno llegara a tocarme vomito —dijo como deshaciéndose de alguna enfermedad maligna que le hubiera invadido la piel.

—Señorita Green, recuerde, somos hijos de Dios, ante sus ojos todos somos iguales.

—¿Ha hablado usted con Dios? ¿Como está enterado de lo que Él piensa? —pregunta la viejita perversa al azorado reverendo—. Tuvieron razón mis antepasados en querer eliminarlos a tiempo antes de que se propagaran como la plaga que son —dice mientras los ojillos le brillan con aquel desprecio heredado a través de generaciones.

Se comentaba y la señorita Eleonor lo afirmaba con orgullo, que varios de sus antepasados fueron miembros de una secreta organización terrorista en defensa de la supremacía blanca. Bajo su cama guardaba un cofre donde admitía con morboso placer, reposaba su más valiosa herencia: ignominiantes legajos fechados en 1868, títulos de "Grand

Dragón" e insignias con cruces bordadas en rojo escarlata.

¿Quién les dijo a esos animales que pertenecen a la raza humana? —se preguntaba en voz alta mientras leía el periódico o veía la televisión. *Criaturas de lodo, regresen a sus árboles en el África.*

Una de las empleadas es Margarita, una joven centroamericana que necesita el trabajo desesperadamente. Ha tenido que comerse el orgullo muchas veces para no contestar de igual a igual a las sátiras de la patrona. Cuando las otras dos empleadas la encuentran llorosa la aconsejan que no le haga caso, que se haga la sorda y apenas reúna el dinero que necesita mande al diablo a la viejuca. *¡Esa vieja es una maldita!* —dicen con rabia.

Margarita tiene un hijo de once meses. Hace tres trabaja en esta casa limpiando la gran cantidad de cachivaches que colecciona la vieja. La señorita Eleonor la recibió a su servicio porque a pesar de ser latina, la joven tiene la piel blanca y porque sabe que tiene un hijo bastardo. Aunque nunca quiso verlo y prohibió traerlo a la casa, ese muchachito es el arma que necesita para humillar a la nueva empleada. *Quisiste darte gusto, bueno, ahora paga desvergonzada,* le dice la vieja refiriéndose al niño.

En el ala derecha de la gran casa, rodeada de árboles centenarios en las afueras de Georgia, vive la servidumbre. Allí Margarita esconde al pequeño Daniel con la ayuda de las otras dos empleadas. Si la señorita Eleonor lo viera no solo la ponía de patitas en la calle a ella sino a las otras también.

Danny, como llaman al pequeño, es hijo de su unión con un hombre de la raza negra. Danny es un niño fuerte, de piel obscura, grandes ojos negros, naricilla aplastada, labios gruesos y pelo ensortijado.

Eleonor observa de reojo a Margarita mientras ésta asea la salita de estar, se da cuenta que es joven y bonita. Tendrá veinte años, veinte y dos a lo máximo. Un día ya muy lejano ella también fue joven, también fue bonita.

—Margarita ¿Dónde está el padre de tu hijo? ¿Por qué no vives con él? —pregunta la solterona para tener datos y usarlos en contra de la muchacha cuando sea necesario.

Margarita toma las fotografías que están sobre una vieja consola. Mira los rostros de estos hombres y mujeres del ayer sin poder evitar cierto sobresalto mientras las limpia una por una con mucho cuidado. Luego pone en orden los libros que obsesionan a la vieja y que relee a diario: *Raza, Inteligencia y Prejuicio*, *Derechos del Estado y Leyes de la Tierra*, *Eugenesia: el perfeccionamiento de la raza*. Se sorprende ante las preguntas de la señorita Eleonor y tristemente contesta.

—Murió en un accidente de trabajo antes de que el niño naciera. Él era fuerte, honesto, trabajador, ambicioso, deseaba lo mejor para mí y nuestro hijo. Mi padre lo odiaba y me prohibió que lo siguiera tratando. Hui con él porque lo amaba. Fuimos felices.

Eleonor piensa en su juventud, ella nunca estuvo enamorada no hasta el punto de abandonarlo todo por otro ser humano. Ella siempre tuvo los pies sobre la tierra. Sin poder evitarlo piensa en Jeremy. Quizás la quiso, pero ella nunca estuvo segura. Jeremy era pobre y además no era protestante. Jeremy no merecía la pena, no compartía sus ideas y aceptó sus desplantes, desprecios, y hasta burlas, sin luchar lo suficiente para convencerla, para hacerse digno de su cariño.

—Retírate —chilló la vieja enojada—. No me vengas con dramas y lagrimitas ridículas. Recuerda, nunca se te ocurra traer a ese muchacho a esta casa o tendrás que largarte por donde llegaste.

En la tarde del jueves, como es costumbre, el reverendo Jones vuelve al ataque. Tiene la esperanza de que en algún momento la anciana deponga sarcasmos y exabruptos y en su corazón de cabida a un hálito de compasión.

—Señorita Green, muchas veces me ha asaltado la duda y con todo respeto quiero preguntarle: ¿Cree usted en Dios?

—¿Qué pregunta es esa reverendo? me sorprende usted. Por supuesto, si Dios no existiera yo no fuera quien soy: de raza blanca, de familia sin taras, sin pecados de qué arrepentirme, fiel a las leyes del estado y con el dinero suficiente para no necesitar de nadie.

Como todos los jueves, el reverendo Jones se retira abatido y derrotado. La señorita Green es un hueso duro de roer, es más dura que una piedra.

Como es costumbre, a las ocho en punto la vieja se retira a su habitación no sin antes haber dado quejas de esto y aquello para fastidiar a las empleadas. Esa noche tiene la misma pesadilla que constantemente la asedia. Sueña que es joven y bella. Jeremy y ella están sentados en el jardín. Ella lleva puesto un precioso vestido de encajes blancos. Él le entrega una rosa blanca, la besa tiernamente en una mano y le dice que es la mujer más hermosa que ha conocido. Ella sonríe halagada. De repente, el jardín se llena de cruces que arden en el fuego. Jeremy se aleja horrorizado abandonándola. La madera chisporrotea con las llamas y los corpúsculos de fuego se vuelven gotas de sangre que manchan su vestido blanco. Una de las gotas le cae en el pecho y le va tatuando dolorosamente una cruz escarlata en la piel.

La vieja despierta llamando a Jeremy. Él no está a su lado, se fue sin entender que su familia estaba en lo correcto. Su padre tenía razón al decir que era un enemigo, un comunista defendiendo derechos de gente que nació para la esclavitud.

Eleonor Green ha pedido a una de las sirvientas que ponga el té con las dos tacitas sobre la mesa y la deje sola. Es jueves en la tarde y el reverendo está por llegar. Sentada en la glorieta mira las azules lilas de agua que se mecen en el estanque, en su terquedad ha prohibido que lo limpien. Esas ignorantes miserables no comprenden que el estanque es un símbolo. Allí jugó cuando era niña y más tarde, cuando era joven, candorosa, y el mundo estaba políticamente correcto, en su borde de piedras labradas se sentó miles de veces a soñar.

De repente sus ojos descubren un pequeño bulto de carnes negras gateando cerca del estanque. Eleonor Green queda estupefacta, los ojillos de rata están a punto de salírsele de las arrugadas cuencas y masculla indignada: *¡Un niño prieto! Tiene que ser el hijo de Margarita. Estúpida, ignorante, la va a pagar caro. ¿Cómo se ha atrevido a traer a mi casa a esta asquerosa criatura? ¿Por qué nunca me ha dicho que su hijo es negro? Maldita hispana, se ha burlado de mi bondad.*

Inocentemente Danny se para en sus dos fuertes piernecitas, trepa el borde del estanque y cae en las aguas.

La señorita Green ve caer al pequeño y malignamente piensa que cuando Margarita u otra de las sirvientas venga a recoger el servicio de té, seguramente el niño ya estará muerto.

En ese momento el reverendo Jones aparece entre los grandes árboles que pueblan el sendero hasta la glorieta. Su expresión es de estupor al presenciar la escena. Ve como la vieja fallándole las rodillas se levanta sin la ayuda de las sirvientas, le traquetean todos los huesos mientras cubre la distancia que la separa del estanque, con gran esfuerzo eleva las escuálidas y marchitas piernas para meterse en el agua. Por un momento su cabeza desaparece y luego se levanta llevando entre los brazos un cuerpecito negro.

Ensayo de un crimen

La venganza es una especie de justicia salvaje.

F. Bacon

Yo misma me entregué a la policía, les evitaba así el trabajo de buscar al asesino. Siempre he estado de acuerdo en impedir que las cosas se agiganten o se enreden, hay que ir al grano, cortar por lo sano. En las oficinas del precinto un inspector registró mis datos personales y huellas digitales. Luego puso a funcionar una grabadora y se aprestó a tomar mi declaración. Hablé completamente serena y sin mostrar ápice de remordimiento.

"Sí señor oficial, yo lo maté. Lo hice porque quise, con placer, disfruté verlo muerto y no estoy arrepentida. Déjeme que le cuente un secreto: ¡Lo he matado mil veces!

El hombre era un atrevido, insolente, sus ojos grises me miraban con descaro, como si me desnudara con la mirada. Tenía los labios gruesos, los dientes parejos, blanquísimos y sonreía provocativamente. Se sabía atractivo, aunque no era hermoso ni siquiera guapo. Era alto y trigueño, las primeras canas de los cuarenta años lo hacían irresistible.

Yo, era joven y bonita. Le tendí la trampa con mi sonrisa de niña buena y mirada inocente. Él era un perverso experimentado, pero yo contaba con la poderosa virtud del odio y podía vencerlo. Sin embargo, su seguridad y artes de macho avezado me hicieron tambalear, lograron atontarme, que me sintiera perdida. Me retorcí y aullé como una perra en celo, cuando sus manos diestras encontraron mis pechos y mi sexo.

Perdí la cordura. La sangre me corría como un torrente de fuego por mi cuerpo hambriento de sus depravaciones, nublándome la mente. Dejé de pensar en mi pobre padre, humillado y burlado vilmente por el canalla; en mi madre a quien el alcohol y las drogas redujeron a guiñapos por su culpa. Entre sus brazos olvidé que odiaba a mi madre por débil, que la repudiaba por habernos abandonado y caer hasta lo más bajo por el miserable que la sedujo, el que destruyó nuestro hogar y nuestras vidas.

Nunca iba a imaginarlo, la puerca vida me había llevado a revolcarme en el mismo fango y por ese mismo infeliz estaba dispuesta a darlo y abandonarlo todo. Sin embargo, un infame comentario dicho como un halago me volvió a la realidad. Ignoraba que el desgraciado conocía mi procedencia, hasta aquella noche de caricias, drogas y licor. Mientras cabalgaba sobre mi cuerpo puesto en cuatro, él dijo gozoso: *Putísima, no solo te meneas como tu mamacita, sino que eres tan sabrosa como ella.*

Sentí lástima por mí misma, estaba actuando igual que mi madre, igual que ella había caído en manos del miserable. Sentí asco, náuseas, y recordé que lo odiaba. En ese instante supe que tenía que actuar antes de que él se diera cuenta, o que fuera demasiado tarde. Tenía la obligación de acabar con esa rata, tenía que matarlo.

A solas en mi habitación, durmiendo a ratos, o totalmente insomne, cada noche limpiaba y acariciaba el filoso puñal con morboso placer. Lo compré en una tienda de utensilios de carnicería. Su cuerpo de acero corto y puntiagudo era perfecto, su punta filuda y brillante me eclipsaba, me enloquecía, y con certeza, sin que el pulso me temblara, hasta quedar jadeante y rendida mataba pequeñas ratas y conejos adquiridos para tal propósito.

La idea de matarlo se hizo tan fuerte que no había un momento que no pensara en ella. Los motivos dejaron de tener sentido, solo sabía que tenía que acabar con su vida. Durante el orgasmo, ese sería el momento apropiado. El maldito se retorcía sobre mi cuerpo, bramaba, rugía, se dejaba ir y debilitado cerraba los ojos. En ese instante, debajo de la almohada, sacaría el puñal para hundírselo en la espalda, en el cuello, en el vientre, en el pecho, hasta dejarlo descuartizado. Sus retorcimientos de placer se convertirían en convulsiones de dolor, sus gemidos de goce en gritos de espanto. El clímax perfecto. ¡Miserable porquería!, moriría conociendo la gloria, sus estertores de muerte se confundirían con sus contracciones de placer. Asqueroso cerdo, lo dejaría vacío, así como se destripa a un animal.

Matarlo dejó ser asunto de venganza para convertirse en un hecho deliberado, en un tributo al placer, en un acto de fe. ¿Cómo se sentirán los asesinos a sangre fría? me preguntaba. ¿Así como yo me siento? ¿Con este gozo hinchándome las venas, con esta sensación de poder, con estas ansias de oler y palpar sangre fresca? ¿Así como un Dios dueño de la vida y la muerte?

En nuestros momentos de intimidad reía enloquecida al imaginar su última expresión. Me veía empuñando el puñal y buscando la vida entre sus carnes abiertas. El ritual pre-muerte me excitaba hasta el delirio y gozaba mi lengua en su verga, sorbiendo gota a gota su esperma mientras le repetía: *Mi vida, eres mío, tan mío, no imaginas hasta qué punto.*

Te has vuelto más salvaje que nunca, pero me gustas así, la mejor de las putas, respondía enardecido el pobre iluso, disfrutándome; mientras yo continuaba con mi delirante sueño preludio a la muerte y besaba su abdomen con mis labios embarrados en su semen caliente. Su sangre caliente.

El día escogido llegó. Era una tarde luminosa y radiante, ninguna nube corrompía el azul limpio del firmamento. El día perfecto para una muerte perfecta. Llegué hasta el escondite, aquel hotel alejado de la ciudad donde nos juntábamos regularmente. Con pasos seguros atravesé el largo corredor que daba a nuestro cuarto. Me había puesto los altos tacones con la correa amarrada en los tobillos y aquel vestido negro sin nada debajo, que, según él, me hacían parecer una vampira. En mi cartera llevaba el puñal, además de las llaves del cuarto y mi pintalabios.

Lo encontré dormido en la semipenumbra de la habitación. Coloqué el puñal a mi alcance, bajo la almohada. Me quité el vestido, pero no los tacones. Desnuda me incliné y lo besé en la boca para despertarlo como estaba planeado, y entonces descubrí algo horrible. Estaba muerto. El desgraciado estaba infartado. Grité de rabia, su vida me pertenecía, ni la muerte podría ya arrebatármelo de las manos. Tantas veces lo había matado que era mío, completamente mío.

En un rito final lo besé en el cuello, mordí sus labios y, una y otra vez, enterré el puñal en su abdomen hasta que todas las vísceras quedaron colgando al descubierto. Las sábanas se tiñeron con sangre y mierda revueltas. Dejé el puñal sucio en la cama, y ya calmada me di una ducha para sacarme el repugnante olor de ese maldito. Me vestí y triunfante salí a la calle.

Señor oficial ésta es mi confesión, no tengo nada más que añadir. Yo lo maté, de eso no tenga dudas. Hice justicia, la que me correspondía. Ahora ustedes hagan la suya, no me importa lo que decidan hacer".

Lo maté, terminé con él. Ya es mío para siempre, finalmente podré dormir tranquila.

LA OTRA ORILLA

El hombre no es más que la mitad se sí mismo.
La otra mitad es su expresión.
RALPH W. EMERSON

Arriesgándome a perderme o a desaparecer, persigo a una sombra y me enredo en la ficción. Atravieso lugares, campos, pueblos, tierras que jamás imaginé. Llego hasta al borde mismo de las ideas, deseando capturar a esa mujer que huye y, que, a veces torturándome, susurra tras de mí. Vislumbro su silueta y su cara se esconde en rostros que nunca vi. Y no sé cómo expresar algo que yo misma no entiendo, al contrario, o al revés: yo es ella, o ella es yo.

Al llegar a la orilla, me encuentro en un mundo parecido al otro lado, donde la niebla es más espesa y menos brillante la luz. Un infinito y vertiginoso riachuelo serpentea su cuerpo lineal uniendo los dos bordes paralelos. Allí las madreselvas se multiplican como selvas paridas de una madre. Es esa una tierra encantada donde cantan las mariposas con ojos en las alas, y se cuentan los ojos con alas sorbiendo todas ellas de la única vocal en el centro de la flor.

Siento un frío intenso que impregna de horror mi frente. Entonces me percato que solo me abriga mi piel y cuento únicamente con mis pensamientos, mis sueños, mis convicciones y mi angustia. Todos ellos, compañeros que muchas veces me traicionan, me acusan y se burlan de mí. Y pienso que no necesito a ninguno mientras la nostalgia me invade por los otros, aquellos que llamo los demás.

Voces confusas, no inteligibles rodean mi entorno exigiendo tener orden y sentido. Allí regadas en el piso se encuentran todas las palabras connotadas chorreando tinta fresca. Puedo recoger las que se me antojan. Es increíble, en mi mano tengo por fin lo que siempre anhelé: ¡Entre mis cinco dedos cabe el universo! Y con simple veintiséis letras puedo parir a mi antojo y dar vida, amor, esperanza, condena, muerte y eternidad a engendros que se parecen a mí; que a mi imagen y semejanza, padecen de angustia congénita y enajenan de incertidumbre y sueño la realidad.

Hipnotizada por la magia de las tinieblas me siento uno de los dioses: omnisciente, contradictorio y malévolamente misericordioso, aunque a veces me trague las lágrimas y entre las piernas huela a mujer.

Continúo caminando en este mundo de fantasmas que hablan mis palabras, muchos ya cadáveres otros por nacer. Leo en sus ojos resentimiento, pena, miedo. Percibo que me odian, unos me escupen a la cara, otros me desafían con los puños en alto. Me duelen y mis protestas y quejidos brotan de todas sus bocas. Comprendo su impotencia: pobre títeres de tinta cuyas vidas no van más allá de las frases. Deseo consolarlos, pedirles perdón, y al tocarlos, descubro que alrededor no se encuentra una sola alma. Estoy sola entre gentes que son de mentira, representando situaciones falaces, en un universo sin sentido y fútil frente a mis ojos, y puesto como ofrenda a mis pies.

Hay un hueco donde debe estar mi presencia. Si no me pienso dejo de estar. No estoy, no eres, existes en ese no. Necesito encontrarme. Sé que estoy en todas mis palabras escritas. Ella soy la palabra no escrita, soy los fantasmas, soy las imágenes. Soy.

En su búsqueda sigo mi trayectoria preguntando si la han visto ya pasar. El espacio contesta: está sobre mi cuerpo, escucho sus pensamientos en algún lugar, se debate en un surco y vence y se aniquila y vuelve a surgir. El tiempo dice: no se guíen por mí, soy tan absurdo como ella es de compleja; hoy sentí sus pasos y fue mañana cuando regresaron hacia el ayer. Por tercera vez escucho el canto de un gallo anunciando la cobardía de los fieles. Y con el día me pierdo, tan confundida como ayer en el ahora con que se mide el presente. Pienso.

Acobardada y titubeando, intento regresar y no puedo. No podré nunca dar marcha hacia atrás. El sendero se borra tras mis pies. Nadie podrá llegar en mi ayuda, ni logrará cruzar mi huella alguna vez. Estos son mis dominios y de nadie más.

Sigo caminando casi a ciegas. El miedo está a punto de paralizarme cuando el verde susurro de los árboles llena mis oídos, el camino se ilumina de luciérnagas y me alegro de tréboles, de lirios azules en los estanques, de ángeles con caras tristes en los cementerios. Mis tontas cosas favoritas me señalan que estoy en terreno conocido. No estoy perdida. Tengo vida, doy vida. Escribo.

Más allá del borde, exactamente del otro lado, aparece el yo como común denominador de cada otro y finalmente en un remolino veo mi lugar en el espacio, mi deseo o solamente una ilusión.

Con nostalgia recorro cada rincón de este cuarto lleno de cosas que me reconocen a fuerza de compartirnos. Las miro, ellas me miran, las toco, ellas me tocan. La mesa deja de ser una forma impasible, la silla se regocija y disfruta mi contacto, la máquina de escribir

lame mis dedos complacida. Y yo sin voz
repito: Quiero encontrarte.

Aquí estoy en silencio, escuchando
atentamente la voz de mi conciencia.
Pensando que te pienso, escribiendo esta
prosa para una mujer que nunca llegaré a
conocer. Una historia por narrar, una idea sin
concebir, mientras yo continúo llamándote
desesperada desde la otra orilla.

¡CUIDADO, PABLO!

Solo podemos salvarnos a nosotros mismos.
Nadie puede ni debe.
Debemos caminar el sendero por nosotros mismos.
GAUTAMA BUDA

El pequeño Pablo juega en la playa con su balde y pala de plástico. Cava un hoyo en la arena y trata de llenarlo con el agua que recoge con el cubo en decenas de viajes hacia el mar. El juego lo deja extenuado y aburrido del mismo comienza uno nuevo.

Esta vez construye castillos vaciando arena prensada en su balde. Las murallas se elevan a un nivel y las torres a dos. Con las conchas recogidas en la orilla y varios sorbetes plásticos adorna la fortaleza. El muchachito sonríe orgulloso. De improviso un hombre sin camisa, con pantalones verde olivo y botas de soldado, de pelo largo y ojos desorbitados, viene corriendo por la playa en dirección hacia Pablo.

La madre del muchacho está sentada en una silla de playa y lee una revista bajo la sombra de una gran sombrilla azul. Levanta la vista de vez en cuando para vigilar al hijo. Ve al hombre a punto de derribar al niño y alarmada grita: *¡Cuidado, Pablo!*

La muralla se desmorona. Las bolsas repletas de arena que resguardan la guarnición caen ante el atropello de los tanques. Pablo comanda la tropa. Un soldado le pasa los binoculares y a través del lente confirma la posición del enemigo, de un manotazo seca las gruesas gotas de sudor que resbalan por su cara, limpia las manos en su verde uniforme manchado de lodo y con voz sonando como un rayo ordena: *¡Vamos muchachos, tiren a matar! ¡Que no quede ni un solo asqueroso hijo de perra amarillo con vida! ¡Avancemos!*

La tropa avanza: tanques, hombres y muerte. El lugar va quedando destruido y los cuerpos arrasados yacen mutilados en el piso, entre la sangre y la arena. Los soldados se alejan sudorosos arrastrando las sucias botas y luego se internan en la ciénaga.

—Teniente debemos tener cuidado —aconseja uno de los sargentos—. Acampemos y estudiemos el terreno antes de continuar, podemos caer en una emboscada.

—No he pedido tus opiniones —grita ordenándole a guardar silencio—. Vinimos a matar y así lo haremos. ¡Adelante!

—Disminuye la velocidad Pablo, por favor. Un día de éstos vamos a dar al cementerio.

Pablo mira a su compañera como si mirara a un enemigo. Luego fija la mirada otra vez en el camino. Aborrece a su esposa. Está harto de escucharla. No entiende como pudo casarse con una mujer tan quisquillosa y entrometida.

—Fue esa maldita guerra la que te ha trastornado. ¿Cuándo vas a dejar de usar esas sucias botas? La guerra terminó. Entiéndelo s-e a-c-a-b-ó, sez finís, kaput.

Pablo vuelve a mirarla y piensa que un día va a apretarle el cuello para que no vuelva a emitir otro chillido más.

—Querido, siempre estas irritable, fumas y bebes demasiado —continúa la mujer—. Ya estoy cansada de ir de un lado al otro como si alguien nos persiguiera. Ya no eres el hombre con ambiciones con que me casé. Te has convertido en un pobre diablo, en un don nadie.

—¡Cállate antes de que pierda la cabeza!

—Has algo entonces. Consíguete un trabajo estable, haz algo provechoso. Querido, no te das cuenta, te estás destruyendo.

—Déjame en paz idiota. Este no es tu problema, lo que haga con mi vida es asunto mío. Si no estás a gusto lárgate.

—Pablo ve a ver un médico. Me prometiste que antes de cruzar la frontera irías a verlo.

El médico se saca los guantes y moviendo la cabeza en gesto de desaliento comenta a su colega.

—Como puede existir gente tan irresponsable y sin conciencia. Atropellaron a este pobre muchacho en el camino y lo dejaron abandonado como si fuera un perro.

Los cirujanos salen de la sala de operaciones y uno de ellos se acerca a una mujer que reza las cuentas de un rosario y cubre la cara llorosa con un rebozo.

Pablo está sentado al otro extremo de la sala de espera pretendiendo leer una revista. Escucha la voz del médico.

—Lo siento señora, no pudimos salvar a su hijo. Esperemos que la policía encuentre al culpable. Ojalá den con él, de seguro que fue un borracho.

—Fuera de aquí borracho —grita el tabernero sacando a Pablo a empujones.

—Hijo de perra, no te atrevas a tocarme o te mato aquí mismo —responde con la voz entrecortada. Apenas puede mantenerse en pie y cae al piso dando golpes al aire.

Son las dos de la mañana. El viento helado del invierno le cruza la cara como un cuchillo, el pelo largo se le mete por los ojos. Levanta el cuello del raído abrigo gris. Camina dando tropezones, balanceándose. Atraviesa las calles desiertas hasta llegar a un abandonado edificio. Se abre paso entre ladrillos rotos, latas vacías de cervezas y vidrios regados en el piso. Pasa entre una pared rota y busca unos gruesos cartones doblados. Se dejar caer al piso junto a los otros que como él viven entre ratas. Buscando calentarse, frota las manos cerca del latón donde chisporrotea la madera consumiéndose en el fuego. Uno de los miserables la pasa una cuchara. En ella coloca los cristales y los derrite con fósforos encendidos. Con la misma jeringa ya usada, que otro vicioso le ofrece, busca la vena que le queda visible en el agujereado antebrazo. Alguno en una esquina entona una armónica con expresión estúpida. De entre los escombros y la basura, Pablo recoge una revolcada manta de lana. Con ella medio cubre el cuerpo y la cabeza, dejando como es costumbre los pies fuera y sin sacarse las botas se queda dormido.

La manta deja los pies sin cubrir. De un dedo en completo estado de descomposición cuelga una etiqueta.

Los investigadores han sacado el cuerpo de la gaveta en el congelador.

—¿Es ésta su esposa? —pregunta el agente retirando la sábana blanca del rostro de la mujer.

Pablo la mira sin ninguna expresión. La cara de la mujer, ya sin expresión, está descompuesta.

—Sí, es ella —responde tranquilo, sin mostrar emoción alguna.

—La encontramos bajo el murallón que está cerca al malecón, no muy lejos de la casa de playa de su familia. Alguien la estranguló. ¿Tiene usted idea de quién pudo matar a su esposa?

Ya estará callada para siempre la muy maldita, piensa sin remordimientos. Llegó a la casa de la playa a robar. Era muy tarde en la noche y su madre seguramente estaría dormida. No importaba si la despertaba y lo descubriera llevándose las cosas. Ella lo miraría con esos ojos de perro castigado. Sin pronunciar palabra y sin hacer gestos, lo dejaría hacer como siempre cualquier travesura. Abandonaba la casa con los billetes y cosas de la vieja cuando lo detuvieron los gritos de su mujer: *¡Vicioso! ¡Asqueroso ladrón! ¡Porquería!*

Pablo tiró las cosas sobre el piso y se abalanzó sobre su esposa. Forcejearon, pero finalmente el cuerpo de la mujer se rendió bajo la presión de los fuertes dedos en el cuello que la dejaron sin respiración.

Cargó el cuerpo sobre los hombros hasta el murallón. Debajo abrió un hueco con una pala y echó a la víctima en el mismo lugar donde en su adolescencia había enterrado a su perro mascota, su colección de estampas, la foto de su primera novia. Cubrió a la muerta con la arena removida y terminado el asunto trepó a lo alto del entablado. Muy tranquilo y mirando el ir y venir de las olas prendió un cigarrillo.

El humo se escapa a bocanas de sus labios mientras escucha el graznido de las gaviotas volando cerca de la playa. Siempre le gustó llegar hasta el borde y sentarse por horas a contemplar como a lo lejos, el mar y el cielo se convertían en uno. Recoge varios puñados de arena y los deja escapar entre los dedos.

Hace calor y Pablo se deshace de la camisa. De repente siente un inexplicable deseo de escapar, de ser libre. Tira el cigarrillo encendido al agua, se levanta y echa a correr por la playa como un desquiciado. Las pesadas botas militares van dejando huellas profundas sobre la arena. Casi ciego tropieza y derriba algo a sus pies. Entonces escucha el grito de la madre: *¡Cuidado, Pablo!*

Pablo ríe feliz, un loco ha derribado su castillo, pero no importa, lo va a volver a construir diez veces, cien veces si es posible. Se saca las botas y las tira a un lado, luego se sienta en la playa y empieza a presionar arena en el balde plástico.

EL OTRO APOCALIPSIS

La naturaleza nunca hace nada sin motivo.

ARISTÓTELES

La comisión encargada de llevar a cabo la decisión deliberaba sin llegar a un acuerdo. "Los trece malditos" como se llamaba a los desconocidos, y de quienes dependía la vida humana del planeta, tenían entre manos el más delicado, o, quizás el más complicado caso de eliminación y limpieza. Los "verdugos" elegidos poseían la responsabilidad de obrar con cordura y sangre fría, sin favoritismos ni compasión.

Cinco millones de millones de seres humanos, o sea, aproximadamente nueve décimos de la población mundial debían ser eliminada de la faz de la tierra para que la restante pudiera continuar la preservación de la especie sin alterar el balance natural de la vida.

Las pruebas de una nueva arma nuclear realizadas en el desierto habían causado resultados impredecibles, funestos y devastadores.

La vida vegetal sufrió graves estragos y alteraciones dejando a los pobladores del planeta en peligro de extinción. La hambruna azotó inclusive a las tierras de mayor riqueza. Aún se tenían esperanzas cuando los perros se servían como plato fuerte y las ratas eran consideradas manjares para gente rica. Pero cuando los niños, los débiles, los indefensos y que decir los viejos, comenzaron a desaparecer misteriosamente y en proporciones alarmantes; el pánico y la alienación se apoderaron hasta de los más optimistas.

Como único y último recurso y para evitar que los unos continuaran comiendo vivos a los otros, se consideró que algunos sacrificios eran necesarios.

Escoger a los miembros de la comisión de eliminación no fue tarea fácil y para no cometer errores y debilidades humanas, como el favoritismo o el soborno, la máxima organización de representantes de las naciones del planeta recurrió a un servicio computarizado ultra sofisticado para que de forma secreta se encargara de la selección. Jamás se publicó el nombre de los escogidos, no solo para poner a salvo la vida de los "verdugos", sino porque nadie, ni ellos mismos, llegara a conocer los nombres seleccionados a ciencia cierta.

Únicamente los miembros integrantes de la comisión conocieron el lugar y la hora de la cita. Si los trece representantes fueron hombres de buena fe, pacíficos, justos, defensores de la igualdad y los derechos humanos, o, unos dementes sedientos de sangre y propulsores de la supremacía racial, intelectual o lo que fuese, tampoco llegó a conocerse. La verdad fue que al pasar de los días ya a nadie le importaba. Lo que sí se conocía con seguridad y lo que preocupaba a la población mundial, eran las muy pocas probabilidades de contarse entre los sobrevivientes.

Al iniciarse el funesto proceso, en todos los países del mundo se levantaron protestas y miles murieron antes de la ejecución. Los llamados ministros de Dios y otros defensores de las miserias de la raza pusieron el grito en el cielo abogando por el derecho sagrado a la vida. Pero cuando empezaron a contarse las costillas y a ser perseguidos como plato del día, aceptaron que el maná no caía del cielo y que las cosas de los hombres las resolvían los hombres y lo más pronto que se llevara a cabo la eliminación sería la mejor solución al problema. Era tal la desesperación que ya a nadie le importaba saber el nombre de los químicos usados para la exterminación, quienes los manufactureros, o, si los gastos salían del bolsillo de los contribuyentes.

Cuando se concluyó con la deliberación el mundo entero estuvo pendiente, esperando milagrosamente haber escapado de la lista negra. Nadie sabía en que consistiría la eliminación, ni como se llevaría a cabo; si se haría de forma gradual, en masa o siguiendo un orden establecido. De esta manera, si nadie sabía de nada, se eliminaban intrigas, sabotajes, conspiraciones, y se evitaban sospechas, protestas y levantamientos inútiles.

El infame y secreto documento estaba firmado de forma imprecisa y obscura por los miembros responsables evitando así incriminaciones futuras, cuando ya todo estuviera dado y remordimientos ajenos y tardíos los pusiera en situaciones riesgosas. El informe rezaba más o menos así:

"Debido a la grave crisis que nos atañe a todos y tomando en consideración que el tiempo no nos permite encontrar una medida más acorde a nuestros intereses comunes, hemos llegado a la solución más humana y lógica posible: la eliminación de aquellos que en realidad impiden la realización de una sociedad perfecta y un futuro mejor. Los que conformamos esta comisión estamos de acuerdo en que los candidatos a ser eliminados y que no tienen derecho a la vida, caen dentro de estas tres categorías:

1.- Aquellos que no contribuyen con la sociedad y que más bien se convierten en una lacra y una carga para ella. Sea por taras físicas, mentales o simple inercia social.

2.- Hombres y mujeres cuyas acciones delictivas e inmorales retrasan el avance de la raza humana hacia el progreso y el bienestar común.

3.- Las personas que pertenecen a las esferas sociales, culturales, económicas y étnicas en desventaja, considerando que difícilmente estos grupos logran escapar a su destino y herencia.

Por último queremos reconocer y dar un voto de aplauso a aquellos que en el pasado ayudaron a mantener el equilibrio en el crecimiento humano global, con guerras, genocidios y holocaustos, sacrificando su buen nombre y prestigio en aras del balance genético, la justicia y la paz universal".

Según muchos, estaban instaladas las cápsulas que contaminarían las aguas, el aire, o la atmósfera del planeta con una mortífera sustancia; según otros, ya habían empezado a funcionar los sistemas diseñados para disparar las ondas o partículas destinadas a eliminar a los elegidos; y otros, a causa de la hambruna global y la desesperación por comer lo que fuera, aseguraban que el exterminio se lograría a través de alguna sustancia letal puesta en la comida. Cualquiera fuera el método de eliminación, estaba por llevarse a cabo cuando se presentó un nuevo y terrible incidente quizás provocado por los mismos ensayos realizados en el proyecto nuclear, o como argumentaron los fanáticos religiosos: el castigo divino a la soberbia de los mortales.

La cosa fue que el planeta aceleró su movimiento de giración unas cuantas revoluciones por segundo. El cambio de rotación fue casi imperceptible, pero los días se acortaron dramáticamente y el efecto solar y lunar sobre nuestra tierra causaron cataclismos.

Quizás sea difícil de creer, pero una leve alteración espacial causó una conmoción tremenda. Los retrasados mentales, al igual que los ignorantes y los analfabetos, caían fulminados sin comprender que cosa estaba ocurriendo. A causa de la pérdida del equilibrio emocional y hormonal, asesinos, violadores, sexo-maniáticos, entre ellos, beatos, célibes, castos, mojigatos y homosexuales, pataleaban con ronchas purulentas en manos, lenguas y genitales y morían con los ojos volteados para dentro. Sin tener techo y cobija donde resguardarse, a pobres, abandonados, vagos y pordioseros les explotaban los sesos de tanta luna y sol. A negros, amarillos, blancos, rojos y rosados les crecía doble y triple pellejo y expiraban asfixiados por sudores calientes y fríos. Los impedidos físicos y enfermos del mal que fuera, recaían de dar tantas vueltas y hasta los que no sufrían del corazón se infartaban. Creyentes en apocalipsis y profecías, fanáticos religiosos, místicos, puritanos y vendedores de fe veían en este fenómeno el final del mundo y se suicidaban masivamente.

Los grupos mencionados en la lista se fueron eliminando sin que ningún ser humano tocara vela en los entierros, ni moviera un dedo para conseguirlo. Y aproximadamente, en el tiempo estipulado como se tenía previsto, desaparecieron de la tierra las partes sobrantes.

La limpieza del planeta fue no completa, pero si admirable. Poco a poco se estableció el orden normal de la existencia y la consiguiente cotidianidad. A nadie se le ocurrió pensar que los escogidos por los humanos fueron coincidencialmente los mismos escogidos por la naturaleza. Sencillamente nadie le dio un segundo pensamiento, ya que no hubo a quien culpar, ni chivos expiatorios.

Los sobrevivientes no fueron nada perfectos que digamos, pero gracias a quien sea que tuviera que dársela, a la naturaleza, tampoco a la comisión humana, se le ocurrió establecer una cuarta categoría: la de los intocables. Aquellos que no se comprometen ni se involucran, que pertenecen a ningún grupo y lo mismo les da chicha que limonada, aquellos que actúan a la defensiva, nadan con la corriente y son todo y son nada. ¿Será por eso por lo que el nuevo mundo está inundado de cínicos, displicentes y mamarrachos?

LA VIDA DE LAS PALABRAS

Las palabras, una vez impresas tienen vida propia.
CAROL BURNETT

A Juan Gómez Quiroz

Hoy interné a Juan Carlos en el manicomio.

Mi amigo es escritor y eso lo único que puede y sabe hacer. Tres o cuatro meses atrás, él me dijo que dejaría de escribir y que si fuera posible también deseaba dejar de pensar. Mientras me hacía esta confesión, Juan Carlos tenía una cara que daba lástima de lo abatido y desesperado que se encontraba. A través de los años que nos conocemos, y que son muchos, aunque no llevemos la cuenta exacta, en varias ocasiones lo he visto en situaciones difíciles. Esta vez creí adivinar que la cosa iba en grande.

—Creo que estoy enfermo pero lo mío no tiene cura —dijo temblando y echándose en mis brazos como un niño desvalido balbució—. Ayúdame, Ernesto por favor, necesito tu ayuda.

Juan Carlos es un ex-alcohólico y de cuando en cuando se ha inyectado su manteca y ha inhalado sus cuantos gramos de cocaína, razón por la que supuse que había vuelto a sus andadas.

—No puedo creer que volviste a usar esas porquerías. Eres una bestia.

—Mi hermano, te juro por lo más grande que ése no es el caso. Esto es otra cosa. Algo tremendo —dijo jalándose los pocos pelos que le quedan.

—Dime lo que pasa y déjate de lloriqueos. Todo tiene arreglo —dije remeciéndolo fuerte para que recobrara la compostura—. En este momento te hago una cita con el médico y verás que no es nada grave.

Juan Carlos es mi mejor amigo a pesar de que somos diferentes. Él es bohemio y vive miserablemente en un pequeño estudio repleto de libros y basura que según su creencia un día van a valer millones. No le da el valor justo al dinero y como lo gana así mismo lo despilfarra. Creo que en realidad nada tiene sentido para él, ni siquiera las mujeres. Es usual en él refregarme en las narices mi monogámica relación, pero se lo perdono y a veces hasta me hace reír. *Cuando tengo deseos de una hembrita busco una buena puta y asunto arreglado, no como tú pobre perro domesticado* —me dice en tono burlón.

Juan Carlos es ateo, maleducado, grosero, sucio, vulgar, y para remate muchas veces huele feo. Si no fuera porque se enroncha con toda la mugre que lleva encima, no se daría un duchazo de vez en cuando. Eso sí, Juan es sincero y más claro y transparente que el agua, y un escritor fabuloso. Muchas veces me pregunto de donde le nace tanta genialidad. En sus novelas deja a sus personajes en cueros. Describe las miserias humanas como si fuera un Dios o por lo menos un psicólogo, cuando en realidad no le importan un diantre sus semejantes, ni le interesa conocerlos.

Yo, en la otra mano, soy arquitecto y quizás por estar acostumbrado a trazar líneas precisas y rectas de ocho a diez horas al día, es que me desagradan las cosas chuecas y soy más aburrido que las cuadrículas. Sin embargo, no solamente quiero a Juan Carlos, sino que además lo acepto como es y lo admiro.

—No necesito ver a ningún médico —respondió serenándose, y con infinita tristeza mi amigo añadió—, mi curación es dejar de escribir.

—Termina de hablar tonterías. Si dejas de escribir te mueres.

—Ernesto no entiendes. Las palabras tienen vida propia y quieren burlarse, vengarse de mí.

Otra vez se dejó ganar por el abatimiento y se derrumbó como un fardo sobre un rotoso sofá. Experimenté la misma pena que sentí la primera vez que lo vi. En pleno invierno, estaba tirado como un guiñapo en la acera fuera del edificio donde yo vivía de soltero. Se notaba que había bebido toda la noche. Dejándome llevar por uno de esos inexplicables impulsos samaritanos que a veces me asaltan, lo llevé a rastras hasta mi apartamento para que no se congelara en la calle. Cuando pudo hablar no recordaba ni su propio nombre. Quizás ahora también, como entonces, caía bajo el peso de los vicios y se negaba a admitirlo.

—Habla claro y explícame que quiere decir eso de que las palabras tienen vida y que quieren venganza.

—Ernesto, créeme: las palabras tienen vida. Cada una es lo que significa, no se dicen únicamente por decir, realmente son lo que son —dijo ofreciéndome un lugar en el sofá.

—Al principio solo aparecían las palabras dulces, buenas, alegres y hermosas. Mientras las escribía en la máquina, salían del papel y me hacían gracia. La palabra amistad es la que más me gustaba, me cosquillaba en el pecho haciéndome sentir contento. Y luz, amanecer, sonrisa, azul, poesía, inocencia, ternura, confianza, libertad, danzaban sobre la máquina y yo reía mirándolas inundar de felicidad mi cuarto.

Luego llegaron las otras, despacio, sin apenas hacer ruido, no daban la cara. A mis espaldas gemían como niñas abandonadas. Y así el silencio, la soledad, la melancolía, el abandono y la tristeza se apoderaron de la tarde haciéndome sentir el hombre más desgraciado del mundo.

¿Recuerdas qué un día llegaste y me encontraste decaído, ojeroso, cansado, y pediste que me tomara un descanso? Seguí tu consejo y dejé de escribir por una semana. Cuando me senté a escribir otra vez, un olor nauseabundo invadió el cuarto y fue cuando las palabras grotescas y sucias empezaron a lamerme la cara con sus lenguas virulentas, asquerosas e infames. Mierda, carajo, desgracia, putería, puñeta, abuso, envidia, miseria, rodaron por mi cuerpo produciéndome náuseas. Una de ellas me estranguló el pene y otra se me introdujo por el trasero.

Gentileza, elegancia, finura, delicadeza, sofisticación, distinción, y cortesía se replegaban contra la pared abochornadas cubriéndose los ojos, y con pañuelo de encajes se tapaban las narices. Sentí que me asfixiaba y salí corriendo a la calle en busca de aire. Sentí que me perseguían y al mirar hacia atrás vi como burla, disimulo, ironía, ridiculez, y saña, me perseguían hasta el portal, riéndose de mi a carcajadas. No regresé en toda la noche, dormí en un parque por temor a que me estuvieran esperando.

No permití que Juan Carlos continuara con su narración. Me di cuenta que realmente estaba enfermo y lo llevé ese mismo día con un psiquiatra. El profesional le dio unos calmantes y diagnosticó cansancio mental.

A la semana siguiente yo mismo hice los arreglos para internarlo por un tiempo en el hospital. Juan Carlos empeoró hasta el punto de que ya ni mis palabras lograban calmarlo. Tenía moretones y marca de mordeduras por todo el cuerpo y gritaba que daba horror. En uno de sus estados de lucidez respondió a mis demandas.

—Ernesto llegaron las palabras tremendas, fuertes y no solamente me golpearon, sino que me estrellaron contra el piso. Hambre, traición, odio, orgullo, despotismo, tiranía, racismo y discriminación, tenían la cara desfigurada, el cuerpo contrahecho y una fuerza titánica. Cuando estaba en el piso y sin fuerzas para defenderme me asaltaron las palabras monstruosas y dañinas. Destrucción, vicio, crimen, miseria, dolor, pena, vergüenza, venganza, violencia, se abalanzaron sobre mí hundiéndome sus colmillos y clavándome sus garras en el cuerpo buscando mi vida.

Esta vez, sí que me asusté y le pedí por favor que no volviera a escribir hasta que estuviera recuperado. Fue cuando llamé al psiquiatra y lo recluí en el manicomio.

En el sanatorio, con el tiempo y la ayuda de los doctores, Juan Carlos se alivió. Estuvo tranquilo, lúcido, canturreaba y se había hecho amigo de las enfermeras. Ya restablecido y alejado de su maldita máquina, a la que yo empecé a temer, Juan Carlos regresó a la normalidad, volvió a mofarse de la obediencia ciega que le guardo a mi mujer, y le volvieron las ganas de buscarse una hembrita. Las enfermeras lo adoraban, lo mimaban y le llevaban papel y lápiz para que les escribiera frases bonitas. Los médicos me aseguraron que la racha de locura había pasado y podía llevarlo a casa. Las cinco semanas de tratamiento lo habían curado de sus obsesiones, miedos y alucinaciones.

Cuando fuimos en su busca, el médico y yo quedamos petrificados al abrir la puerta de su cuarto y encontrarlo en el suelo degollado y aun desangrándose. A un lado del cuerpo, ensangrentada, se hallaba la navaja de afeitar que alguna enfermera había olvidado. Sobre la mesita próxima a la cama estaba un papel donde había garabateado una palabra maldita: muerte.

NEGRITA

No hay absurdo que no haya
sido apoyado por algún filósofo.
CICERÓN

Mi mamá dice que a veces me tiene miedo porque soy obsesiva y las obsesiones destruyen. Vaya usted a saber si esto es posible.

La verdad es que cuando algo se me mete entre ceja y ceja no descanso hasta descubrir y encontrar el por qué, las posibles explicaciones de las cosas, y claro, no dejo de rumiar y darle vuelta al asunto por todo lado posible. Es eso lo que me sucedió con la Negrita.

Al regresar de la escuela, mi hermano la encontró junto a latón de basura buscando algo para comer y la trajo a casa. Mi mamá dijo: *No quiero animales en esta casa, ustedes dos se cansarán de esa gata y entonces me tocara cuidarla a mí.* Yo aproveché que en un par de semanas cumpliría mi treceavo cumpleaños y la escogí como regalo. Mi hermano y yo juramos y rete juramos preocuparnos por ella, darle de comer, asearla y, además, prometimos portarnos mejor que los ángeles. Fue así como la gata llegó a ser parte de la familia, aunque muchas veces estuvo a punto de dejar de serlo por culpa de mi tía. En realidad, ella era tía de papá y vivía más en nuestra casa que en la suya propia.

La gata era pequeñita, vivaracha, con una colita pomposa y unos ojotes verdes que le llenaban la cara. La nombramos Negrita porque no tenía un solo pelo que no fuera de ese color.

Cuando la vieja Papagayo, como mi hermano y yo llamábamos a la tía de papá, vio a Negrita echó el grito al cielo, se persignó tres veces y preguntó:

—¿Qué hacen con un animal de mal agüero en ésta casa? Se han vuelto locos. Santísimo, yo no vuelvo por acá.

—Tía lo siento mucho pero ya le dí permiso a los muchachos para quedarse con el animalito —respondió mamá riendo maliciosamente, creyendo que esta vez la vieja entrometida dejaría de aparecerse en casa.

Pero que va, la Papagayo no cumplió su palabra y siguió llegando a casa con sus supersticiones, cuentos, enredos y opiniones que nadie pedía. Al día siguiente de que la Papagayo conociera a la gatita, tuvimos que ir a verla al hospital. Por pura coincidencia se rompió una pierna al salir de nuestra casa y la Negrita cargó con la culpa. Bueno, Negrita tenía la culpa de todo lo malo que le pasaba. La gatita fue la responsable de que se quedara muda por un día cuando se mordió la lengua por comer sin dejar de hablar. Cargó con el muerto cuando Paquita, su lora más vieja que Matusalén, amaneció patitiesa. Igualmente, Negrita era la culpable si le dolía la cabeza, pescaba un resfriado, la postraba el reuma, en fin todo mal que la aquejara. Neciamente, la tía, exigía que se echara el animalito a la calle por el delito de ser una gata negra.

Amaba a la gata y todo mi tiempo libre lo dedicaba a jugar con ella. El cariño era recíproco. Cuando llegaba de la escuela, encontraba a la gata esperándome junto a la puerta y me cruzaba entre las piernas sobándome con la cola hasta que la cargara y llevara a retozar en la cama.

Negrita era traviesa y juguetona, pero a medida que fue haciéndose adulta comenzó a aquietarse y tomar sus siestas un poco más largas. A los tres años había adquirido todos los hábitos de su especie y se volvió una holgazana. A pesar de meterle a mamá el cuento de que los gatos se robaban el aliento de las personas que dormían cerca, la Papagayo no logró evitar que Negrita durmiera en mi cama, acurrucada a mis pies.

Durante las noches, Negrita despertaba. Caminaba por toda la casa, se sentaba por largas horas en el borde de la baranda y miraba quien sabe que cosas fuera de la ventana, o subía a maullar en el ático. A veces, cosa que no nos explicamos los humanos, desaparecía por algún rincón de la casa sin que lográramos encontrarla. Fue entonces que me obsesioné con el felino. A tal punto llegó mi manía que, para no perderle pie ni pisada, comía cuando la gata comía y dormía cuando ella dormía.

Todo mi tiempo libre lo utilizaba para estudiar bien de cerca a Negrita. Llegué, inclusive, a adoptar parte de las costumbres del animalito. Tomaba mis siestas junto a ella para poder estar despierta en la noche y observarla a mis anchas. Evitando que mi mamá se diera cuenta de mis paseos nocturnes, copié el caminar cadencioso, lento y apenas perceptible que poseen los gatos.

No te sentimos llegar, sobresaltándose, comentaban los miembros de mi familia al sentir mi presencia. Era la Papagayo la que más se asustaba y comentaba: *¡Qué rara se ve esta muchacha! Parece una sombra, y de repente se ha vuelto muda, con lo parlanchina que era. Te lo advertí María, ese gato le está robando el aliento a tu hija.*

Ya acostumbrada a caminar en la obscuridad, mis ojos se acomodan a las tinieblas y puedo ver entre las sombras. Es como si las cosas, inmovilizadas por la luz, cobraran vida en las tinieblas: cambian de posición los muebles, danza la vajilla, se divierten los juguetes, relampaguean los cristales y hasta las gentes en las fotografías se conversan.

Copiando a Negrita paso largas horas junto a ella en la ventana. Afuera un mundo increíble se mueve paralelo al nuestro. En la ventana de enfrente otra niña con otra gata negra curiosamente nos observan. Por un momento estamos fuera y dentro de la ventana, mirándonos como si nos reconociéramos de antes. Un pájaro distrae nuestra atención y nos regresa al mundo que pertenecemos. Rascándome una oreja sonrío a Negrita y ella ronronea mientras soba mi brazo.

Con la boca abierta, la Papagayo, se ha quedado dormida frente al televisor. Inmóviles, Negrita y yo la observamos fijamente desde el otro extremo del sofá tratando de adivinar qué cosas sueña una vieja. Al abrir los ojos y encontrarnos cerca grita como una loca.

—¡Malditos animales, hijos de Lucifer! Mamá llega preguntando qué pasa.

—Ese par de demonios me asustaron —explica la Papagayo—. María, no me gustan los ojos de los gatos. La gente dice que esos animales pueden ver animas, duendes y hasta la mismísima muerte.

—Tía, no diga esas cosas. Repetimos tonterías porque los humanos no entendemos ciertas cosas y supersticiosamente se lo achacamos a los pobres gatos —mamá la recrimina y, silenciosamente, Negrita y yo nos retiramos. Vamos a tomar agua en la cocina.

Mi hermano llega a la casa haciendo un ruido que nos revienta los tímpanos de los oídos. Trae puestos sus patines de una hilera y viene camino a mi cuarto. De un brinco Negrita y yo nos escondemos bajo la cama para que no nos moleste. Nos quedamos quietas, casi sin respirar protegidas por la sombra. El necio se agacha para buscarnos, chequea bajo la cama y se aleja igual que llegó. Va a la cocina y lo escuchamos hablando con mamá.

—¿Dónde se han metido ese par de zánganas? —pregunta por nosotras.

—¿Miraste bien debajo de la cama? —mamá pregunta a su vez.

Cómplices, Negrita y yo nos miramos. Ella comienza a lamerse la cola con mucha dignidad mientras yo salgo de mi escondite a limarme las uñas.

Con el pasar de los días, mis sentidos se agudizan. El más leve ruido hace que se me levanten las orejas y, detectando que los produce, las pupilas se me reduzcan a un puntito. Muchas veces son pequeños animalejos merodeando por los rincones, pero otras son gentes sin cuerpo que caminan por la casa. Inmovilizada por el miedo no sé qué hacer. Creo que el pánico ha hecho que pierda la voz porque no me sale sonido por la boca. Estoy segura de que mi mamá ya se ha dado cuenta de lo que pasa. Cuando me ve quieta con los ojos fijos en la nada, ella sigue la trayectoria de mi mirada para ver que observo con tanta atención y me remece para despabilarme.

Estoy sorprendida, siento que me he vuelto muy sensible, aunque los demás piensen que soy indiferente. Digo esto porque últimamente me encanta sentarme en el regazo de mamá y reclamo que me sobe el pelo y rasqué, especialmente, detrás de las orejas; identifico la llegada de familiares y extraños mucho antes de que estos toquen a la puerta y los sonidos estridentes hacen que la piel se me erice. Y no sé cómo, pero puedo saber cuándo va a llover o si se acerca una tormenta.

Me siento muy apenada, en realidad yo quiero a la tía, aunque ella sea tan metiche y sabelotodo. La pobre Papagayo ha sufrido un ataque del corazón. Después que salió del hospital y para que no esté sola en su casa, papá la trajo a la nuestra. El infarto la ha dejado muda. Veo como se le dilatan los ojos cuando me le acerco y su mirada es de terror. Me pregunto si ella conoce algo, pero no puede decirlo. Su estado me tiene intrigada y, a la misma vez, angustiada. La mayor del tiempo la paso a su lado, sentada en la mecedora y con las piernas recogidas, tratando adivinar qué le pasa, qué siente, qué piensa. Presiento que algo terrible está por suceder.

No sé explicar cómo pudo suceder lo que pasó. Precisamente esta mañana cuando vino a visitarla el doctor, después de examinarla y decirle a mis padres que no tuvieran cuidado, que pronto se recuperaría; yo supe que el médico estaba mintiendo. Me da dolor decirlo, pero es la verdad: desde muy temprano, parada en la puerta, vi a la muerte esperando por la pobre vieja.

LA SEGUNDA ARCA

Gracias a Dios todavía soy ateo.

LUIS BUÑUEL

La gente cree que estoy loca por creer que Dios me habla a través de la computadora. Lo confieso, al principio yo también lo dudaba, pero ahora no sé, pienso que esa es su palabra.

Con la aseveración que hago, van a pensar que soy una fanática religiosa o algo por el estilo. Más bien soy todo lo contrario: una mujer totalmente racional y como persona educada en las ciencias creo en hechos, en cosas que puedan ser comprobadas; y así como dijo San Agustín, u otro de los santos, repito: *Ver para creer. Ver para creer.*

Estaba, como de costumbre, haciendo mis computaciones energéticas en la máquina, cuando de repente la pantalla quedó en blanco, se borró la información. ¡Maldición! no lo puse en *save*! —exclamé contrariada.

Entonces, poco a poco, en la pantalla comenzó a correr un mensaje absurdo, sin ningún sentido: *Sofía, escucha con atención lo que voy a decir.*

¡Caramba! ahora la computadora no solo sabe mi nombre, sino que pretende darme instrucciones —comenté en voz alta mientras repetidamente apretaba en el teclado la llave '*delete*', sin entender que había causado la interrupción.

Mis calculaciones aparecieron otra vez en el monitor y concentrándome en lo que estaba haciendo, olvidé el asunto. Dos días más tarde se repitió el incidente, pero esta vez el mensaje no se borró, aunque traté con todas las llaves del tablero: *Sofía   exterminaré de la tierra a las criaturas que he creado, desde el hombre hasta los animales, los reptiles y las aves del cielo; pues me pesa haberlos creado.*

Sin comprender el descabellado mensaje apagué la máquina. Pensé en todas las posibles causas para que una interferencia imposibilitara mi investigación. Cuando volví a ponerla a funcionar el mensaje continuaba escrito en la pantalla y al mismo se añadía lo siguiente: *Sofía escucha bien mis palabras, es necesario que construyas un arca de acero, cerámica, hierro, plomo y aluminio. Dentro de las paredes colocarás aisladores térmicos, instalaciones eléctricas y tuberías de agua. Será útil que dividas el arca en celditas.*

Llevada por la curiosidad y deseando conocer al autor de la bromita, escribí esta nota: ¿Quién envía este mensaje? Identifícate. Para mi asombro la respuesta empezó a aparecer en la pantalla: *Yahvé.*

¡Yahvé! ¿Quién maldito diablo puede ser Yahvé? —me pregunté totalmente ignorante de los nombres bíblicos. Entonces hice esta pregunta: ¿Yahvé qué?

No tuve respuesta y el mensaje desapareció de la pantalla.

Comencé a investigar sobre quién podría ser esta persona que me enviaba mensajes tan disparatados violando los códigos de la cibernética. En la misma computadora consulté con la enciclopedia y diversos *sites* y me encontré con una información que para mí no tenía sentido ni daba respuesta a los mensajes: *Yahvé, nombre formado por cuatro consonantes hebreas que denomina también Tetragrámaton. La frase significa: Yo soy el que existe por sí mismo. Yo soy el que soy.* Llegué a pensar que la persona que enviaba los mensajes estaba usando un nombre extraño no solo para lograr mi atención sino para desconcertarme y ponerme nerviosa.

—¿Conoces a alguien qué se llame o apellide Yahvé? —Como al descuido pregunté a mi amigo y compañero Steve.

—¿De dónde sabes ese nombre? —Me contestó con otra pregunta, luego en tono burlón añadió otras preguntas—. ¿Atea, desde cuándo te interesa la religión? ¿No me digas que te vas a meter a predicadora? Eso sería lo más insólito que pudiera pasar.

—Deja tus ironías y dime: ¿Conoces a alguien qué se llame Yahvé?

—Yahvé es uno de los nombres bíblicos de Dios. Yahvé es en su forma hebrea el nombre que usa Dios en el Antiguo Testamento para referirse a sí mismo.

—Entonces eso significa que me estoy chiflando —dije echando una carcajada sin que Steve comprendiera mis palabras.

En el pasado, Steve y yo, estudiamos Sistemas de Turbinas en la universidad y ahora trabajamos en el mismo departamento de energía, analizando y haciendo pruebas de balance del calor; y aunque no teníamos nada serio manteníamos relaciones íntimas de cuando en cuando. Él, a diferencia de mí, ha tenido alguna instrucción religiosa y conoce de la Biblia, el Torah, y esos libros que dizque llaman "sagrados". Seriamente, Steve me explicó sobre el libro del génesis y el diluvio y los nombres de Dios, entre ellos: Yahvé.

Con toda esta información sentí cierto temor y por primera vez en la vida puse la existencia de Dios como un elemento probable. Digo esto porque siempre he tomado la vida como un proceso de evolución progresiva, un mecanismo intrincado pero lógica y físicamente posible. Para evitar esta complicación y conflicto personal evite usar la computadora todo el tiempo que me fuera posible. Pero que va, este Yahvé estaba determinado a contactarme como fuese e imprimió su siguiente mensaje dentro del análisis termodinámico en el reporte de la compañía: *Éstas serán las medidas del arca: longitud del arca, ciento cincuenta metros; ancho, veinticinco metros; alto, diez metros. Al arca recubierta con materiales de blindaje especial le pondrás un techo termo insulado y le dejarás medio metro de entretecho con vidrio laminado con plomo. Pondrás la puerta en un costado y harás un primer piso, un segundo y un tercero.*

Cuando uno de los técnicos encontró el mensaje, creyó que se habían mezclado las informaciones de dos distintos reportes y pidió que se corrigieran.

Steve quiso saber que significaban todas estas dimensiones y que negocio era este de un arca. Arriesgándome a recibir los juicios y burlas de Steve, me vi obligada a confiarle mis experiencias con los mensajes. La verdad es que yo misma no estaba convencida de la legitimidad de estos. Podrían ser una pasada de algún computer's *wiz que* me conocía, o manipulación de un loco necesitado de atención.

—Yahvé me escribe mensajes en la computadora y desea que me encargue de la construcción de un arca.

—Siempre he respetado tu inteligencia y ecuanimidad, —fue la respuesta de Steve creyendo que lo estaba bromeando—. ¿Te has vuelto loca?

—Compruébalo por ti mismo. Lee este mensaje en el reporte. ¿Crees que yo lo escribí?

—Sofía, esto es imposible. Primero, Dios nunca va a confiar un proyecto de tal magnitud a una mujer y segundo, los escogidos de Dios son seres justos y puros de espíritu.

Steve podría tener razón, pero sus juicios me pusieron rabiosa. Yo no cumplía con ninguno de los dos requisitos. Eso quería decir que Dios toda bondad como lo pintaban, era no solo un carnicero, sino un antifeminista, un cerdo chauvinista.

—Oh, ¿así es como piensas? Hipócrita, y dices que respetas mi inteligencia. Fíjate bien, las mujeres y los hombres somos iguales ante Dios o quién diablos sea.

Decidí hacer oídos sordos a los mensajes y olvidarme del asunto, pero no fue posible. Yahvé era terco y su palabra a través del monitor se hizo insistente. Me despertaba dos y tres veces en la noche con una luz potente saliendo de la máquina que se prendía sola, y en el laboratorio de investigaciones más de una vez hizo varias interrupciones haciéndome saber que el tiempo se acortaba. Decidí seguirle la corriente como si fuera un juego, pero con el tiempo, tontamente, como cualquier loquita fanática, empecé a creer en su palabra y a seguir sus órdenes al pie de la letra.

El siguiente mensaje me dejó consternada e inquieta. No sé por qué estúpida razón, a pesar del horrendo y criminal acto divino de ahogar a la gente incluyendo a inocentes niños y animales, consideré el diluvio como un recurso idílico de exterminación. Las palabras de Yahvé me impactaron horriblemente: *Por mi parte voy a mandar lluvia de fuego para acabar con todo ser que respira y vive bajo el cielo. Pero contigo voy a hacer mi pacto: entrarás en el arca, tú y tu marido, y junto con ustedes irán una pareja de todos los animales puros. Tomarás hembra y macho, esto será con el fin de conservar las especies. Tú mismo, además, procúrate alimentos y guárdalos para ti y ellos, porque dentro de ciento veinte días haré llover fuego sobre la tierra.*

Para llevar a cabo el mandato descabellado, homicida y perverso de Yahvé, alquilé un gran terreno en las afueras de la ciudad, sitio estratégico entre el zoológico y el reservorio de aguas tratadas. Necesité la ayuda de soldadores, plomeros, instaladores de insolaciones y algún técnico en refrigeración; mostrándoles el contrato, por supuesto falso, de un proyecto de investigación para pruebas de balance de calor. Trabajamos como quien dice a escondidas para no despertar sospechas y curiosidades.

Con el tiempo fue imposible ocultar el proyecto, un fotógrafo entrometido publicó el arca en un periódico local y la noticia se expandió como la dinamita. La extraña construcción que no parecía un barco sino una mezcla de tanque de guerra, submarino y cápsula espacial fue fotografiada junto a mí en periódicos, revistas, pasquines, incluso en el internet.

Declaré que el arca era un encargo de Dios, en el mismo se salvarían varias especies de animales de la destrucción total del planeta como producto de una lluvia de fuego.

Me convertí en una celebridad de la noche a la mañana. Fui entrevistada para casi todas las cadenas de televisión que, con afán sensacionalista, explotaron mi sinceridad y fe absoluta en la misión.

La historia de la lluvia de fuego dio vuelta al mundo causando risa y mofas sobre la mujer Noé.

Como es lógico, este incidente causó inconvenientes y retrasos en el encargo divino.

Gané la burla del mundo, la desaprobación de Steve, perdí mi trabajo, mi cuenta del banco quedó en cero, mis tarjetas de crédito llegaron al tope y para colmo de males, las demandas por violaciones a casi todos los códigos de ley conocidos comenzaron a apilarse en mi abandonado apartamento.

Pedí ayuda a Yahvé. La gente creería en mi historia si él mismo anunciaba el final y dejaba verse, quizás así todos lograrían la salvación. Su respuesta fue muy lógica: *Mi presencia los dejaría ciegos y mi voz los dejaría sordos y aún entonces no creerían en mí. Sofía ya todo está dado, el día diecisiete del segundo mes del año lloverá fuego sobre la tierra.*

Gracias a que la conmoción por la extraña embarcación sucedió tres meses antes de la fecha indicada, cuando solo faltaban pequeños detalles en el arca. Sola continué dando los últimos retoques a la enorme estructura a prueba de fuego.

Día tras día fui comprobando que este ultimátum de Yahvé era como cualquier otra noticia. Atraídos por la sensación del nacimiento del niño mitad humano, mitad perro; pocos me tomaban en cuenta y con indiferencia permitían que "la Noé loca" continuara su labor interesados en saber cómo se había llevado a cabo la perrada entre la mujer y el animal.

Para mi congoja le había fallado a Yahvé. En el arca únicamente había parejas de varias especies de pájaros, animales domesticados, animales de tienda y montones y montones de comida en latas y refrigerada.

La última noche, antes de la fecha indicada, con pretexto de tener miedo, aunque no era verdad, pedí a Steve que se quedara conmigo en la tienda próxima al arca. Como si la amenaza no estuviera a horas de cumplirse, Steve se puso a ver un partido de béisbol en el aparato de televisión.

A pesar de no haber cumplido a cabalidad con el proyecto, yo creía plenamente en Yahvé y sus palabras. Creo que, para premiar mi fe, él mismo hizo el resto del trabajo. Esa misma medianoche hubo un fuego accidental en el zoológico y los animales llegaron de a parejas según la orden divina.

Steve vio el desfile de los animales con asombro, pero como un acto de pura coincidencia. Solamente un par de horas más tarde, cuando un resplandor como de mis soles juntos iluminó el espacio y una enorme nube en forma de hongo se levantó del suelo, Steve entró en el arca dispuesto a poner orden a tanto alboroto. Solo entonces, al momento de escuchar la explosión caí en cuenta que mi primera suposición había sido correcta: esa no era una lluvia de fuego. No era Yahvé el que me daba las ordenes, era algún loco que había detonado la bomba nuclear.

ACERCA DE LA AUTORA

Elssie Cano nació en Ecuador y reside en Estados Unidos desde 1970. En 1990 obtuvo una licenciatura en Ingeniería Mecánica en The City College of New York y en 2001 una maestría en Educación Bilingüe en la Universidad Autónoma de Santo Domingo, República Dominicana. En 2020 gana una beca de New York University (NYU) Graduate School of Arts&Science para el programa Escritura Creativa-Ficción-M.F.A. Ha publicado *La otra orilla y otros relatos* (Cuento, Editorial Surco, 2000), *Fiptisio'89* es su traducción al inglés (Books&Smith New York Editors, 2020), *Mi maravilloso mundo de porquería* (Novela, 2024, galardonada con el Premio Primum Fictum de Editorial Librooks en Barcelona, España), *IDROVUS* (Novela, artepoética Press, 2018), *Creando a Eva* (Novela, artepoética Press, 2020), *Things I cannot say* (Novela, Nueva York Poetry Press, 2023), con una version en español, y *Hay una bestia* (Cuento, Nueva York Poetry Press, 2024). Ha coeditado *Residencia en Nueva York/*

Cuentistas Hispanos en (de) Nueva York (Antología, Artepoética Press, 2021). La VI Feria Internacional del Libro LACUHE, Nueva York 2023 y la XVII Feria Internacional del Libro Lawrence, Massachusetts 2023 han sido dedicadas a su obra. Elssie es miembro del personal editorial de la revista *HYBRIDO Cultural Project for Latino Arts and Literature.*

ÍNDICE

La otra orilla y otros relatos

Prólogo · 13
La infinidad de los círculos · 19
El otro yo · 34
Las 11:11 de la mañana · 42
Fiptisio 89 · 52
El loco del Central Park · 73
Alma · 87
Vaticinio · 93
La aparición de Omic-Ayin · 103
Amanda · 119
La clase de Matemáticas · 136
El efecto Mobius · 157
Incertidumbre · 172
Neblina · 181
"Principios del Conocimiento Humano" · 194
Realidad aparte · 199
Un día cualquiera · 211
El milagro · 216
Ensayo de un crimen · 229
La otra orilla · 236

¡Cuidado, Pablo! · 242

El otro apocalipsis · 251

La vida de las palabras · 260

Negrita · 269

La segunda arca · 279

Acerca de la autora · 295

Fiction
INCENDIARY
INCENDIARIO
Homage to Beatriz Guido (Argentina)

1
Alyz en New York Land
Novela
Jesús Bottaro (Venezuela)

2
Historia de una imaginación memorable
Novela
Andrés Felipe López López (Colombia)

3
Things I Cannot Say
Novel
Elssie Cano (Ecuador)

4
Hay cosas que no puedo decir
Novela
Elssie Cano (Ecuador)

5
Hay una bestia
Cuento
Elssie Cano (Ecuador)

6
El sueño de Torba
Novela
Rafael Soler (España)

Children's Fiction
KNITTING THE ROUND
TEJER LA RONDA
Homage to Gabriela Mistral (Chile)

Drama
MOVING
MUDANZA
Homage to Elena Garro (México)

Essay
SOUTH
SUR
Homage to Victoria Ocampo (Argentina)

Non-Fiction
BREAK-UP
DESARTICULACIONES
Homage to Silvia Molloy (Argentina)

POETRY
COLLECTIONS

ADJOINING WALL
PARED CONTIGUA
Spaniard Poetry
Homage to María Victoria Atencia (Spain)

BARRACKS
CUARTEL
Awards Winning Works
Homage to Clemencia Tariffa (Colombia)

CROSSING WATERS
CRUZANDO EL AGUA
Poetry in Translation (English to Spanish)
Homage to Sylvia Plath (U.S.A.)

DREAM EVE
VÍSPERA DEL SUEÑO
Hispanic American Poetry in USA
Homage to Aida Cartagena Portalatin (Dominican Republic)

FEVERISH MEMORY
MEMORIA DE LA FIEBRE
Feminist Poetry
Homage to Carilda Oliver Labra (Cuba)

FIRE'S JOURNEY
TRÁNSITO DE FUEGO
Central American and Mexican Poetry
Homage to Eunice Odio (Costa Rica)

INTO MY GARDEN
English Poetry
Homage to Emily Dickinson

LIPS ON FIRE
LABIOS EN LLAMAS
Opera Prima
Homage to Lydia Dávila (Ecuador)

LIVE FIRE
VIVO FUEGO
Essential Ibero American Poetry
Homage to Concha Urquiza (Mexico)

REVERSE KINGDOM
REINO DEL REVÉS
Children's Poetry
Homage to María Elena Walsh (Argentina)

STONE OF MADNESS
PIEDRA DE LA LOCURA
Personal Anthologies
(Homage to Alejandra Pizarnik)

TWENTY FURROWS
VEINTE SURCOS
Collective Works
Homage to Julia de Burgos (Puerto Rico)

VOICES PROJECT
PROYECTO VOCES
María Farazdel (Palitachi)

WILD MUSEUM
MUSEO SALVAJE
Latin American Poetry
Homage to Olga Orozco (Argentina)

INTERNATIONAL POETRY AWARD
PREMIO INTERNACIONAL DE POESÍA NYPP
Award Winning Authors
Homage to Feature Master Poets

For those who believe, as Beatriz Guido did,
that *fire not only destroys but also purifies what
remains after the flames is the naked truth*, this
book was published on November 11, 2024,
as part of the *Incendiario* Collection, in homage
to her enduring legacy, under the imprint of
New York Poetry Press, in New York City,
United States of America.

www.ingramcontent.com/pod-product-compliance
Lightning Source LLC
Chambersburg PA
CBHW031155050726
47495CB00019B/1756